JACQVES GVILLEMAVD

LES MAUGIRON

DRAME

NOUVELLE ÉDITION

Conforme au texte de la reprise de 1885

AVEC UNE LETTRE INÉDITE DE

FRANÇOIS PONSARD

VIENNE
A. PVZIN, Imprimeur.

PARIS
TRESSE et STOCK, éditeurs, Palais-Royal.

1887

JACQUES GUILLEMAUD

LES MAUGIRON

DRAME

EN 5 ACTES ET 9 TABLEAUX

PRÉCÉDÉ DE

UNE SOMBRE HISTOIRE

PROLOGUE EN UN ACTE

Nouvelle édition conforme au texte de la reprise de 1885

AVEC UNE LETTRE INÉDITE DE

FRANÇOIS PONSARD

VIENNE

Imprimerie A. PUZIN, rue des Boucheries, 12.

PARIS

TRESSE, éditeur

8, 9, 10, 11, galerie du Théâtre-Français

Palais-Royal.

1886

JACQVES GVILLEMAVD

LES MAUGIRON

DRAME

NOUVELLE ÉDITION

Conforme au texte de la reprise de 1885

AVEC UNE LETTRE INÉDITE DE

FRANÇOIS PONSARD

VIENNE

A. PVZIN, Imprimeur.

PARIS

TRESSE et STOCK, éditeurs, Palais-Royal.

1887

LES MAUGIRON

DRAME

Représenté pour la première fois
sur le Théâtre de Vienne
le 4 février 1858.

DU MÊME AUTEUR

Le Cycle poétique Viennois, poëme
(Vendu au profit de la souscription pour le monument
de Ponsard).

Vendredi-Treize, drame en 5 actes
(En société avec MM. Aubert et Talien).

POUR PARAÎTRE PROCHAINEMENT

Cousin Pierre, roman.

Guy le Bouteiller, drame historique en cinq actes, joué pour la première fois, sur le théâtre Lafayette, à Rouen, le 22 février 1879.

JACQUES GUILLEMAUD

LES MAUGIRON

DRAME

EN 5 ACTES ET 9 TABLEAUX

PRÉCÉDÉ DE

UNE SOMBRE HISTOIRE

PROLOGUE EN UN ACTE

Nouvelle édition conforme au texte de la reprise de 1885

AVEC UNE LETTRE INÉDITE DE

FRANÇOIS PONSARD

VIENNE
Imprimerie A. PUZIN, rue des Boucheries, 12.

PARIS
TRESSE, éditeur
8, 9, 10, 11, galerie du Théâtre-Français
Palais-Royal.

1886

A LA MÉMOIRE

DE FRANÇOIS PONSARD

Saint-Maurice de Vienne ou les Maugiron était dédié à Ponsard. C'est à sa mémoire que nous offrons cette réédition de notre œuvre, par un pieux hommage où à l'admiration pour le poëte s'unit le souvenir d'une amitié qui, née de nos relations à l'occasion même de cette pièce, dura jusqu'à sa mort.

Les lecteurs viennois nous sauront gré, nous n'en doutons pas, de mettre sous leurs yeux la lettre, vraiment touchante en sa simplicité, par laquelle l'illustre auteur de *Lucrèce* et de l'*Honneur et l'Argent*, s'intéressant à l'œuvre d'un jeune homme de vingt ans, daigna en accepter la dédicace.

En la publiant, nous acquittons une dette de reconnaissance.

Paris, 15 mars 1886.

JACQUES GUILLEMAUD.

Monsieur,

Je n'étais pas à Paris, quand vous m'avez fait l'honneur de m'écrire. Je ne trouve qu'aujourd'hui, en rentrant chez moi, votre lettre dont j'ai été très touché. Je suis bien contrarié du retard involontaire de ma réponse, et j'en aurais les plus vifs regrets si ce contre temps me faisait perdre une dédicace à laquelle je tiens beaucoup.

J'écris à M. Timon dans ce sens. J'aime à espérer encore que ma lettre n'arrivera pas trop tard, et je vous prie d'agréer, avec mes remercîments bien sincères, l'assurance de mes sentiments les plus sympathiques et les plus distingués.

F. PONSARD.

Paris, 1858.

UNE SOMBRE HISTOIRE

PROLOGUE

PERSONNAGES DU PROLOGUE

Le Capitaine JACQUES DE LA TOUR, gentilhomme protestant.

L'HERCULE, ouvrier armurier.

Le Capitaine DE SAINT MARC, gentilhomme catholique.

LAURENT DE MAUGIRON, Gouverneur du Dauphiné.

SIMÉON LÉVY, marchand Juif.

DANIEL, son fils adoptif.

Me CHARLES, Consul de Vienne.

VAGANAY
LE LYONNAIS } camarades de l'Hercule.

UN BOURGEOIS.

GASPARD, écuyer de Jacques de la Tour.

UNE SENTINELLE.

UN OFFICIER protestant.

UN SERVITEUR de Laurent de Maugiron.

DÉBORA, fille adoptive de Siméon Lévy.

FRANÇOISE la Mayanche.

MARGOT.

L'HÔTESSE de la *Mule Blanche*.

Soldats catholiques, soldats protestants, Foule.

La scène se passe aux portes de Vienne en Dauphiné, en 1567.

UNE SOMBRE HISTOIRE

PROLOGUE

Une place devant la porte de la Tuilerie à Vienne. A droite la porte bastionnée et crénelée et les remparts se profilant en perspective sur les pentes du mont Salomont (1) qui forme le tableau du fond. A gauche, au 1er plan, la route de Lyon ; au fond, le logis de la *Mule Blanche*, avec cabaret, au rez de chaussée, et porte charretière à la suite.

SCÈNE PREMIÈRE.

Au lever du rideau, on entend le tintement du beffroi, puis dans la ville, des tambours battant la retraite.

Une escouade de soldats sort de la ville et vient se ranger en bataille devant la porte.

La foule se dirige en courant vers la porte.

Me CHARLES, PLUSIEURS BOURGEOIS, VAGANAY, puis L'HERCULE, LE LYONNAIS, FRANÇOISE la Mayanche, MARGOT, HOMMES ET FEMMES DU PEUPLE.

VAGANAY, *appelant ses camarades.*

Oh hé !.. les autres ! arrivez donc !.. On ferme la porte !

---

(1) Le mont Salomont, fortifié par les Allobroges, qui lui donnèrent le nom grec de *Sospolis*, reçut des Romains celui de *Mons Salutis* (Mont du Salut), et fut l'un des emplacements où ils établirent des camps.

Le circuit du Mont Salomont, qui est de 1,400 mètres, était entièrement fortifié. Une Muraille en descendait et commandait la route de Lyon au moyen de la tour de Pilate, baignée par le Rhône. (Note de l'éditeur).

Les soldats, après avoir laissé passer les premiers arrivés, repoussent les retardataires, rentrent dans la ville et abaissent la herse. Rumeurs et cris dans la foule qui forme des groupes agités.

VAGANAY, *à l'Hercule et à ses camarades qui entrent sans se presser.*

Trop tard !..

L'HERCULE, *à Françoise qui est chargée de fleurs.*

Françoise et Margot se sont amusées à cueillir des fleurs en chemin...

FRANÇOISE, *à Vaganay.*

Vois le beau bouquet...

L'HERCULE.

Que tu ne mettras que demain sur ta cheminée.... car il va falloir coucher ici... à la belle étoile !...

Me CHARLES, *dans un groupe de bourgeois.*

Comment trouvez-vous le procédé, Messieurs ? Fermer les portes deux heures plus tôt que de coutume et sans en prévenir les habitants !..

UN BOURGEOIS.

Tel est le bon plaisir de messieurs les protestants... nos maîtres depuis huit jours !.. Espérons que nous en serons bientôt délivrés !...

Me CHARLES, *bas.*

L'armée du roi, partie de Lyon ce matin, sous les ordres de M. de Maugiron, ne doit pas être loin...

LE BOURGEOIS.

D'où ce redoublement de précautions de la part des protestants.

L'HERCULE, *dans le groupe des ouvriers.*

Il n'y a pas de quoi se désoler... Une nuit est vite passée et le vin est bon au logis de la Mule Blanche.

(Le groupe se dirige gaîment vers l'auberge (1) et s'attable au dehors.)

Me CHARLES.

Voici encore des retardataires.

SCÈNE II

Les précédents, Siméon LÉVY, DANIEL et DÉBORA.

Me CHARLES.

Siméon Lévy, que faites-vous par les chemins à pareille heure, avec vos deux enfants ?

SIMÉON.

Les beaux jours sont rares... et les jours de trève plus encore !... C'est bien le moins qu'on en profite pour faire un tour à la campagne.

Me CHARLES.

Mes compliments, mon voisin ; votre fille Débora se fait fort jolie !

SIMÉON LÉVY.

Hélas ! la beauté d'une fille coûte souvent bien des larmes à un père !...

Me CHARLES.

Ah ! je vous ai rappelé...

---

(1) L'hôtellerie de la *Mule blanche* existait il y a peu d'années encore ; elle était située en dehors de la porte de la ville, du côté de Lyon.

(Note de l'Editeur).

SIMÉON LÉVY.

Le souvenir de mon malheur ne me quitte pas...

Me CHARLES.

Daniel est maintenant un homme...

DANIEL.

J'ai quinze ans, Maître Charles.

Me CHARLES.

Il a un petit air résolu qui fait plaisir... (*A Siméon Lévy*). Mais vous savez la nouvelle ?..

SIMÉON LÉVY.

Oui.. on ne peut pas rentrer en ville... et déjà sans doute il n'y a plus de place dans cette auberge. Mais je pense que nous pourrions aller demander asile à un de mes amis, dont la maison n'est qu'à quelques pas.

(Ils disent adieu à Me Charles et se disposent à sortir).

L'HERCULE.

Hé ! voyez donc là bas, ces deux cavaliers qui arrivent par la route de Lyon !

(Le groupe des bourgeois se retourne).

VAGANAY.

En équipage de guerre...

SCÈNE III.

LES PRÉCÉDENTS, JACQUES DE LA TOUR et GASPARD, tous les deux à cheval.

Me CHARLES, *à Jacques de la Tour*.

A moins que vous n'ayez le mot de passe, mon gentilhomme, vous n'entrerez à Vienne, que demain à la diane...

JACQUES DE LA TOUR.

Merci de l'avis, Monsieur... je vais toujours essayer de me faire ouvrir.

FRANÇOISE.

Ce cavalier a tout à fait bon air.

(Jacques de la Tour aperçoit Débora, son regard se fixe sur elle).

JACQUES DE LA TOUR (*à part*).

Dieu !... Quelle étrange ressemblance !...

SIMÉON LÉVY, *qui s'aperçoit de l'attention dont Débora est l'objet de la part de Jacques de la Tour.*

Viens, Débora !...

Me CHARLES.

Je vous accompagne, Siméon Lévy.

JACQUES DE LA TOUR, *à part.*

Siméon Lévy !...

(Siméon Lévy, Débora, Daniel et Me Charles sortent par la gauche.)

SCÈNE IV.

JACQUES DE LA TOUR, GASPARD, L'HERCULE, VAGANAY, LE LYONNAIS, FRANÇOISE et MARGOT, UN SOLDAT PROTESTANT, puis UN OFFICIER.

Jacques de la Tour, s'approche de la porte ; Gaspard descend de cheval et va frapper au guichet.

LA SENTINELLE.

Qui vive !...

JACQUES DE LA TOUR.

Service des princes !...

LA SENTINELLE.

Aux armes !

L'HERCULE.

Voilà un cavalier qui devrait bien nous donner le mot d'ordre...

(Un officier, accompagné d'un porte-falot, sort de la ville, s'approche de Jacques de la Tour et échange avec lui quelques mots à voix basse. Jacques de la Tour lui remet un papier qu'il examine.)

L'OFFICIER.

Il faut que j'instruise M. le Gouverneur de votre arrivée.

JACQUES DE LA TOUR.

J'attendrai ses ordres à l'auberge la plus proche.

(L'officier salue Jacques de la Tour et rentre dans la ville dont il referme la porte derrière lui.)

SCÈNE V.

LES PRÉCÉDENTS, moins L'OFFICIER, puis L'HÔTELIÈRE.

L'HERCULE.

Eh! mère Mâchu!..*(L'hôtelière paraît sur sa porte)*. Prépare tes tables, cours visiter tes broches et apprête de bons lits... Voici deux voyageurs que te vaut l'arrêté de M. le Gouverneur !

JACQUES DE LA TOUR, *qui est descendu de cheval, caressant sa monture.*

Bonne bête !... tu vas pouvoir te reposer... toi...

Nous sommes arrivés !..... (*Gaspard emmène les chevaux par la porte charretière du fond*). Vienne chère cité qui m'a vu naître et dont une injuste proscription m'a tenu si longtemps éloigné, je te revois enfin !... Ton enfant te revient... Mais combien se souviennent de lui, parmi ceux qui l'ont connu jadis ?.. Combien, parmi ceux qu'il a aimés, retrouvera-t-il vivants ?... Quinze ans !... En quinze ans que de changements arrivent !... *(Il se dirige vers l'hôtellerie. — A partir de ce moment, la nuit vient par degré).*

FRANÇOISE.

Vous voici condamné, mon gentilhomme, à partager notre mauvaise fortune...

JACQUES DE LA TOUR.

Mauvaise fortune partagée n'en est plus une. *(Il s'est approché de la table, autour de laquelle sont assis les ouvriers ; ceux-ci se lèvent et ôtent leurs bonnets.)* Restez couverts, restez assis, mes braves. Je suis un soldat. Et savez-vous ce que le métier vous apprend de plus clair ? Sur un champ de bataille, tous les hommes sont égaux... devant la mort !... Cela prouve qu'ils doivent l'être dans la vie ! Je ne connais, quant à moi, qu'une cause d'abaissement, le vice ; d'autre droit à la supériorité que la vertu. Vous m'avez l'air d'honnêtes compagnons... En voici un qui est taillé en athlète... Ton nom, l'ami ?

L'HERCULE.

Antoine Puzin, pour vous servir ;.. mais les amis, voyez-vous, m'appellent l'Hercule de la Réclusière, du nom de la paroisse où je suis né.

JACQUES DE LA TOUR.

Un beau nom... qui atteste la force de tes bras... Et quel est ton métier ?

L'HERCULE.

Nous sommes, mes amis et moi, forgeurs de lames à la fabrique de Pont-Evêque.

JACQUES DE LA TOUR.

Un armurier, c'est presque un soldat!.. Si vous le voulez bien, nous souperons ensemble, en attendant qu'on nous ouvre les portes de la ville... Allons!.. pas de façons...

L'HERCULE, *se décidant, à ses camarades*

Au fait!... tout gentilhomme qu'il est, c'est un homme... Il me va!..

(L'hôtelière qui avait mis, au premier plan, le couvert du Capitaine, sur un signe de celui-ci apporte cinq nouveaux couverts).

JACQUES DE LA TOUR.

A table!

(Jacques de la Tour, Françoise, le Lyonnais, Vaganay, Margot et l'Hercule s'attablent. L'hôtesse sert le souper).

JACQUES DE LA TOUR, *à Françoise.*

Ça, mignonne, causons maintenant... de Vienne... veux-tu? J'aime les histoires, moi, celles du pays, s'entend; et tu en sais bien quelqu'une... Précisément, tout-à-l'heure, il m'a semblé reconnaître dans la foule, un marchand juif dont la chronique, si j'ai bonne mémoire, s'est quelque peu occupée autrefois.

FRANÇOISE.

Siméon Lévy?..

JACQUES DE LA TOUR.

C'est cela même...

FRANÇOISE.

Il était avec ses deux enfants...

JACQUES DE LA TOUR.

Ses deux enfants ?.. Il était veuf depuis longtemps quand je quittai Vienne. S'est-il donc remarié ?

FRANÇOISE.

Non; ce sont des enfants qu'il a adoptés.

JACQUES.

Ah !.. mais il avait alors une fille...

L'HERCULE.

La belle Israëlite !... C'était le surnom que lui avait valu sa beauté.

JACQUES.

Vous l'avez connue, vous ?

L'HERCULE.

J'étais trop jeune... mais j'en ai beaucoup entendu parler... (*Baissant la voix*) Il y a plus de quinze ans, qu'on n'en parle plus.

JACQUES.

Tu dis ?

L'HERCULE.

Rachel Lévy a disparu ...

JACQUES.

Disparu !...

(A partir de ce moment, la nuit vient par degrés).

L'HERCULE.

C'est une sombre histoire que celle des amours du jeune Louis de Maugiron et de la belle Israëlite.

JACQUES DE LA TOUR, *à part*.

Disparue !...

L'HERCULE.

Louis de Maugiron était le premier né du mariage de Guy de Maugiron, alors gouverneur de Vienne, avec la fille de l'ancien grand prévôt, Tristan L'Hermite, dame Hozanne, dont les pauvres gens gardent encore la mémoire ; le frère aîné, par conséquent, de Laurent de Maugiron, le gouverneur actuel du Dauphiné. Il avait vingt ans alors... Rachel Lévy, fille unique du riche joaillier juif, Siméon Lévy, en avait seize à peine. Les deux jeunes gens s'aimaient à l'insu de leurs parents, il va sans dire... Guy de Maugiron ne pouvait permettre que son fils épousât une juive ; Siméon Lévy n'eût jamais consenti à donner sa fille à un chrétien. Ils ne s'en aimaient pas moins, comme deux fiancés, s'étant juré de n'être jamais que l'un à l'autre... On dit même qu'un pasteur protestant bénit secrètement leur union. Mais leur bonheur fut de courte durée... Vous savez peut-être que, Vienne vers cette époque, fut livrée aux protestants par un traître resté inconnu. Un avis secret, parvenu à Guy de Maugiron, accusait de ce crime son fils aîné dont on dénonçait, en même temps, l'abjuration et le mariage avec une juive !... N'écoutant que sa colère, malgré les supplications de sa femme, il signa l'ordre d'arrêter son fils. Le soir même, les sbires du Saint Office envahirent subitement la maison où les deux jeunes gens cachaient leurs amours... Louis n'eût pas le temps de résister. On arracha de ses bras sa Rachel bien-aimée !... Lui-même, garroté, chargé de chaînes, il fut conduit à la citadelle et jeté dans un cachot, comme le dernier des misérables, lui, un Maugiron !...

JACQUES DE LA TOUR.

Après....

L'HERCULE.

Le lendemain, il comparaissait devant un tribunal d'inquisiteurs et s'entendait condamner, comme traître, hérétique et sacrilège, à être étranglé et son corps brûlé par la main du bourreau. Par égard pour sa famille, l'une des premières du Dauphiné, l'arrêt ne fut pas exécuté ; on se contenta d'enfermer le condamné pour le restant de ses jours.

JACQUES DE LA TOUR.

C'est bien cela...

L'HERCULE.

L'oubli commençait à se faire sur cette tragique affaire qui, du reste, avait été menée aussi secrètement que possible, quand on apprit, tout à coup, que Louis de Maugiron venait de mourir dans sa prison, d'une maladie de langueur. Malgré sa condamnation, — c'était un Maugiron, et l'aîné de la famille, — ses funérailles eurent lieu en grande pompe, à Saint-Maurice, (1) le 30 Décembre 1554.

JACQUES DE LA TOUR.

Mais Rachel Lévy, que devint-elle après l'arrestation de son époux ?

L'HERCULE.

L'histoire dit... (*Baissant la voix*) Dans le temps, on causait beaucoup de cette aventure;.. mais les plus

(1) L'église cathédrale de Vienne.

hardis n'auraient pas osé répéter tout haut ce qu'on disait tout bas... portes closes.

JACQUES DE LA TOUR.

Que disait-on donc?...

L'HERCULE.

Tant que Guy de Maugiron avait vécu, Rachel Lévy était restée enfermée dans le château-fort de la Bâtie.. Lorsque le vieux seigneur eut rendu l'âme, ce qui arriva peu de temps après la mort de son fils aîné, le bruit se répandit que la fille du juif avait disparu. Un soir, disait-on, un homme s'était présenté chez le gouverneur du château avec un ordre signé d'avoir à lui livrer sa prisonnière ; le gouverneur avait dû obéir. L'homme avait emmené Rachel Lévy... où ? c'est ce que tout le monde ignorait.

JACQUES DE LA TOUR.

Mon Dieu !...

L'HERCULE.

Je le sais peut-être...

JACQUES DE LA TOUR.

Vous ?

L'HERCULE.

C'est un secret que je tiens d'un de mes oncles, le père Jérôme qui était geôlier à la Bâtie. Tu te souviens bien du père Jérôme, Vaganay ?

JACQUES DE LA TOUR.

Et ce secret ?

L'HERCULE.

Le cher homme allait mourir... Nous étions seuls dans sa petite chambre... lui, pâle, agonisant... moi, à genoux au pied de son lit... pleurant... « Antoine, me dit-il d'une voix faible,tu peux rendre un grand service à un homme bien malheureux... Tu es jeune... tu es hardi... tâche de pénétrer dans la prison de M. le Comte d'Ygié. — C'était le titre que portait Louis de Maugiron. — Tu lui diras que sa femme enceinte lorsqu'elle fût arrêtée... »

JACQUES DE LA TOUR.

Que dis-tu ?...

L'HERCULE.

C'est mon oncle qui parle... Tu lui diras que Rachel Lévy a mis au monde, dans sa prison, deux enfants jumeaux....

JACQUES DE LA TOUR.

Deux enfants jumeaux !... Et ils vivent !...

L'HERCULE.

Comme leur mère, on ne sait ce qu'ils sont devenus.

JACQUES DE LA TOUR.

Ah ! c'est affreux !...

L'HERCULE.

Peu de temps après leur naissance, un homme masqué avait pénétré une nuit dans la prison de Rachel Lévy, et profitant du sommeil de la malheureuse mère, il avait enlevé les enfants...

JACQUES DE LA TOUR.

Un homme masqué ?

L'HERCULE.

Malgré son masque, mon oncle l'avait reconnu.

JACQUES DE LA TOUR.

Le nom du misérable !...

L'HERCULE.

Savez-vous qui avait trahi, livré à ses ennemis, Louis de Maugiron ?...

JACQUES DE LA TOUR.

Non....

L'HERCULE.

Son écuyer... Simon Traynard !...

JACQUES DE LA TOUR.

Simon Traynard !...

L'HERCULE.

C'est lui qui emporta, un soir, les enfants dans son manteau ; c'est lui aussi qui plus tard fit disparaître Rachel Lévy.

JACQUES DE LA TOUR.

Oh ! l'infâme ! l'infâme !... (*Se calmant*) Sais-tu ce qu'est devenu cet homme ?

L'HERCULE.

Depuis une dizaine d'années, il est gouverneur ou plutôt geôlier de la Tour de Sainte-Colombe... C'est Laurent de Maugiron qui l'a installé là... Il lui devait bien ça !...

JACQUES DE LA TOUR.

Que veux-tu dire ?

L'HERCULE.

Personne ici n'ignore que Simon Traynard n'a été qu'un instrument ; qu'un autre fut l'âme, l'inspirateur de l'indigne trahison dont Louis de Maugiron a été victime.

JACQUES DE LA TOUR.

Et cet autre..?

L'HERCULE.

Ce sont de ces choses qu'on ne peut dire qu'entre quatre murailles ... A votre santé, capitaine. *(Il boit; à ses camarades)* Eh bien — nous boudons le souper...

VAGANAY.

Ton histoire m'a coupé l'appétit...

JACQUES DE LA TOUR, *à part.*

L'âme de la trahison... serait-ce ?... Il faudra que cet homme s'explique !...

(On entend des cris de détresse éloignés).

A l'aide ! au secours !...

JACQUES DE LA TOUR.

Ecoutez !

LA MÊME VOIX, *au dehors*

Au secours !...

JACQUES DE LA TOUR.

Les cris se rapprochent !... *(Il se lève).*

SCÈNE VI.

LES PRÉCÉDENTS, DÉBORA.

DÉBORA.

Au secours !...

JACQUES DE LA TOUR.

Une femme !... (*Reconnaissant Débora*) Elle !.. Que se passe-t-il ?

DÉBORA.

On assassine mon père ! On tue mon frère, là-bas.. sur la route !...

(Jacques de la Tour et son écuyer sortent en courant ; au même moment, Pierre de Saint Marc entre suivi de quelques soldats).

SCÈNE VII.

SAINT-MARC, DÉBORA, FRANÇOISE, MARGOT, VAGANAY, LE LYONNAIS, L'HERCULE, SOLDATS.

(Débora est tombée sur un banc ; les ouvriers s'empressent autour d'elle ; on entend dans la coulisse, un cliquetis d'épées qui se rapproche.)

SAINT MARC.

Je la tiens enfin !... Vite, mes mignons ! prenez la colombe dans vos bras !

DÉBORA, *aux ouvriers.*

Ah ! ne m'abandonnez pas...

SAINT-MARC.

Voyons !... la belle enfant, pas de frayeur !... Ai-je donc l'air rébarbatif ?..

DÉBORA, *qui s'est levée, avec effroi.*

Ne m'approchez pas !...

SAINT-MARC.

On résiste !... (*A ses soldats*) Dix pièces d'or à qui l'emportera. (*Les soldats vont se jeter sur Débora*).

L'HERCULE, *se plaçant devant Débora.*

Ah! ça... maîtres-lâches, que voulez-vous à cette jeune fille !...

SAINT-MARC.

Mêle-toi de tes affaires !

L'HERCULE.

Le premier qui porte la main sur cette enfant est un homme mort !... Camarades, aux couteaux !..

Vaganay et le Lyonnais, le couteau à la main, viennent se ranger aux côtés de l'Hercule; ils font tous les trois un rempart de leur corps à Débora que soutiennent Françoise et Margot.

SAINT-MARC.

Soldats du roi !... chargez !...

(Saint-Marc se jette sur le Lyonnais et l'étend par terre d'un coup d'épée ; l'Hercule terrasse un soldat, s'empare de son épée et soutient le combat avec Vaganay.)

FRANÇOISE, *en voyant tomber le Lyonnais, éperdue, court à la porte de la ville et frappant à coups redoublés, crie :*

Aux armes ! l'armée catholique !...

(A ce cri, la porte s'ouvre ; une troupe de protestants se range en bataille à droite.)

SCÈNE VIII.

LES PRÉCÉDENTS, JACQUES DE LA TOUR, SIMÉON LÉVY, DANIEL, GASPARD.

(Jacques de la Tour, Gaspard et Daniel, l'épée à la main, entourant Siméon Lévy, rentrent par la gauche et rejoignent l'Hercule et Vaganay. Saint-Marc et ses acolytes se trouvent pris entre les soldats sortis de la ville et les nouveaux arrivants.)

JACQUES DE LA TOUR, *le reconnaissant.*

Saint-Marc !.. Toute résistance est inutile; rendez-vous.

SAINT-MARC.

Allons donc !... Si vous êtes gentilhomme, vous m'offrirez une chance de salut à la pointe de l'épée...

JACQUES DE LA TOUR.

J'y consens, Monsieur !...

SAINT-MARC.

En garde !...

(Combat à la lueur des torches. Jacques de la Tour presse Saint-Marc qui tombe en laissant échapper son épée.)

JACQUES DE LA TOUR, *l'aidant à se relever.*

M. de Saint-Marc, je ne frappe jamais un ennemi à terre.

SAINT-MARC, *se relevant.*

Je m'en souviendrai, monsieur.

JACQUES DE LA TOUR, *lui rendant son épée.*

Reprenez votre épée.

(Sur un signe de Jacques de la Tour, les soldats protestants emmènent les soldats catholiques.)

JACQUES DE LA TOUR, *à l'officier qui s'avance pour s'emparer de Saint-Marc.*

M. de Saint-Marc m'appartient. (*L'officier s'incline et se retire. Saint-Marc suit Gaspard et entre avec lui dans l'hôtellerie. Les soldats rentrent dans la ville.*)

SCÈNE IX.

Les Précédents, moins SAINT-MARC, GASPARD, L'OFFICIER et les SOLDATS CATHOLIQUES et PROTESTANTS.

(Ordre de la scène : à gauche, Jacques de la Tour félicitant l'Hercule et Vaganay; à droite Siméon Lévy, Daniel et Débora; on emporte le Lyonnais blessé).

SIMÉON LÉVY.

Ah ! mes enfants !.. Dieu est bon d'avoir veillé sur nous en un pareil danger... (*Il va à Jacques de la Tour.*) Et vous, Monsieur, mes amis, ah ! je vous suis reconnaissant...

JACQUES DE LA TOUR.

Je n'ai fait, quant à moi, que mon devoir de soldat...

SIMÉON LÉVY, *interdit à sa vue.*

Mais il me semble... Ah ! je fais erreur sans doute... ce n'est donc pas la première fois que je vous vois ?...

JACQUES DE LA TOUR, *montrant Daniel et Débora.*

Ce sont vos enfants... adoptifs ?

SIMÉON LÉVY.

Oui... adoptifs.

JACQUES DE LA TOUR.

Ce jeune homme a fait preuve de vaillance... et Mademoiselle... (*A part*) Ah !... Etrange ressemblance !..

SIMÉON LÉVY *soupçonneux.*

Comme il regarde Débora !...

DANIEL.

Je suis heureux et fier, mon capitaine, d'avoir fait mes premières armes à vos côtés.

JACQUES DE LA TOUR, *avec élan.*

Ah!... jeune homme!... (*se contraignant.*) Vous vous nommez Daniel?..

DANIEL.

Oui... Daniel Lévy, monsieur!... Daniel Lévy qui n'oubliera jamais que vous et ces braves gens, vous avez défendu et sauvé, au péril de vos jours, tout ce qu'il aime sur la terre : le vieillard, qui tout petits, nous recueillit, (*prenant Débora par la main*) elle et moi... et à qui nous devons la vie; et ma sœur, ma compagne d'abandon, jadis! l'ange, aujourd'hui, dont le sourire réjouit le foyer d'adoption.

LE CAPITAINE, *lui serrant la main.*

Brave enfant!

DÉBORA.

Moi, Monsieur... j'en suis réduite à envier le sort de mon frère... il peut, au besoin, vous donner sa vie; moi... je ne puis que me souvenir...

LE CAPITAINE *ému.*

Mademoiselle.... (*A part*) Mais on jurerait voir l'autre... l'autre!...

SIMÉON LÉVY *soupçonneux.*

Viens, Débora...

SCÈNE X.

Les Précédents, LAURENT DE MAUGIRON, accompagné d'un serviteur; tous les deux enveloppés de larges manteaux.

LAURENT DE MAUGIRON, *à son suivant, désignant le Capitaine Jacques de la Tour.*

C'est l'homme au manteau brun qui a fait prisonnier M. de Saint-Marc?

LE SUIVANT.

Oui, monseigneur.

SCÈNE XI.

Les Précédents, UN OFFICIER PROTESTANT.

(Il sort de la ville, suivi de quelques soldats.)

L'OFFICIER.

Le Capitaine Jacques de la Tour?

JACQUES DE LA TOUR.

C'est moi.

L'OFFICIER, *lui tendant un papier.*

Capitaine, j'ai ordre de vous laisser entrer dans la ville avec votre suite.

JACQUES DE LA TOUR.

Ma suite!.. (*Appelant*) Gaspard! (*Gaspard paraît sur la porte de l'auberge*). Amène M. de Saint-Marc..

SCÈNE XII.

LES PRÉCÉDENTS, GASPARD, PUIS SAINT-MARC.

(Un garçon d'écurie amène les deux chevaux.)

LAURENT DE MAUGIRON, *à part*

Jacques de la Tour ?... Le visage de cet homme ne m'est pas étranger... J'ai entendu déjà le son de sa voix...

JACQUES DE LA TOUR.

M. de Saint-Marc, vous monterez le cheval de mon écuyer. (*A Siméon Lévy, Daniel et Débora.*) Vous rentrez en ville avec moi... (*A l'Hercule et à ses amis*) Et vous, mes braves, après la bonne besogne que nous venons de faire, je ne saurais, non plus, vous laisser dans l'embarras... Vous m'accompagnez ?..

TOUS.

Oui... oui !

JACQUES DE LA TOUR, *à part.*

Mon Dieu !... mon Dieu !... que vais-je trouver derrière ces murailles ?

LAURENT DE MAUGIRON.

Jacques de la Tour !... Ce nom ne m'apprend rien.

JACQUES DE LA TOUR, *qui est remonté à cheval.*

A Vienne, mes amis !...

TOUS.

A Vienne !...

FIN DU PROLOGUE.

LES MAUGIRON

DRAME

PERSONNAGES DU DRAME.

LOUIS DE MAUGIRON, sous le nom de JACQUES DE LA TOUR.

LAURENT DE MAUGIRON, gouverneur du Dauphiné.

PIERRE DE SAINT MARC, lieutenant de Laurent de Maugiron à Vienne.

L'HERCULE.

SIMÉON LÉVY, marchand juif.

DANIEL, son fils adoptif.

SIMON TRAYNARD, geôlier de la Tour de Ste-Colombe.

LE GRAND CHANCELIER MICHEL DE L'HOSPITAL.

Me CHARLES, consul de Vienne.

GRÉGOIRE, soldat.

UN GENTILHOMME.

UN SERGENT de hallebardiers.

UN SERVITEUR de Laurent de Maugiron.

UN ENFANT.

RACHEL LÉVY.

DÉBORA, fille adoptive de Siméon Lévy.

FRANÇOISE LA MAYANCHE.

MARGOT.

UNE DAME.

Suite du Chancelier; dames et gentilshommes; bourgeois, bourgeoises; hommes et femmes du peuple; soldats, guichetiers, serviteurs de Laurent de Maugiron.

La scène se passe à Vienne et dans les environs de cette ville, en 1567.

LES MAUGIRON

DRAME

ACTE PREMIER

1er TABLEAU

CHEZ SIMÉON LÉVY.

Une salle, au premier étage, chez Siméon Lévy. — Ameublement simple et de nuance sombre. Rideaux et portières de laine brune ; bahuts, table et sièges en bois de chêne.—Portes au fond et dans les pans coupés. Celle du fond donne sur un escalier conduisant à l'étage supérieur ; celle de droite s'ouvre sur la chambre de Siméon Lévy ; celle de gauche mène aux chambres de Débora et de Daniel. Une fenêtre praticable au deuxième plan, à droite. Dans un des panneaux du fond un portrait en pied de Rachel Lévy, recouvert d'un rideau.

SCÈNE PREMIÈRE

DÉBORA, *seule; elle est assise près de la table, à gauche.*

Huit jours se sont écoulés et nous ne l'avons pas revu !... Il me regardait, d'une façon étrange... douce et pénétrante à la fois... On eut dit qu'il voulait éveiller en moi un souvenir que j'y ai vainement cherché. C'était bien la première fois que je le voyais.

SCÈNE II.

DÉBORA, DANIEL *entrant par la porte du fond, à gauche.*

DANIEL, *considérant sa sœur.*

A quoi rêve-t-elle?... (*Haut*) Débora !

DÉBORA, *tressaillant.*

Ah ! tu m'as fait peur...

DANIEL.

Avoue que ta pensée était loin de nous...

DÉBORA.

Pardonne-moi.

DANIEL.

A une condition.

DÉBORA.

Dis vite.

DANIEL.

C'est que je t'embrasserai sur les deux joues.

DÉBORA *allant à Daniel, en souriant.*

Voyez combien je suis repentante, monseigneur. (*Daniel l'embrasse*).

DANIEL.

Et que tu me diras...

DÉBORA.

Ah ! mais cela fait deux conditions...

DANIEL.

Tu regrettes... la première?...

DÉBORA.

Non... c'est l'autre que je redoute.

DANIEL.

Tu comprends que je vais te demander d'où vient que toi, si gaie autrefois, tu parais distraite, préoccupée. Depuis huit jours, c'est à ne pas te reconnaître. Voyons, chère sœur, as-tu quelque sujet d'ennui ou de tristesse, de crainte ou de chagrin?... Y a-t-il quelque chose qui te déplaise, quelqu'un dont tu aies à te plaindre ? Parle... Tu n'as pas de secrets pour ton frère ?

DÉBORA.

Non, Daniel... N'es-tu pas tout pour moi ?... Notre père, je l'aime parce qu'il a été bon pour nous, mais aucun lien du sang ne nous attache à lui ; tandis que toi et moi, Daniel, nés le même jour, abandonnés et recueillis ensemble, nous n'avons qu'une chair et qu'une pensée.

DANIEL.

Oui... Orphelins, nous nous tenons lieu l'un à l'autre de famille;... aussi, je le sens, je t'aime à la fois comme un père, un frère, et tous les oncles et cousins réunis.

DÉBORA.

Tu plaisantes !..

DANIEL.

Non pas!.. C'est très sérieux. Malheur à qui s'aviserait de te causer la moindre peine!

DÉBORA.

Tu es bon et brave... Le capitaine Jacques de la Tour l'a remarqué... Il se connaît en courage.

DANIEL.

Lui même est un vaillant soldat.

DÉBORA, *s'asseyant et attirant Daniel près d'elle, mystérieusement.*

Daniel, est-ce qu'il ne t'est jamais venu à l'idée qu'un jour nous pourrions retrouver nos parents ?...

DANIEL.

Si... j'y ai pensé quelquefois !... Crois moi, il n'y a pas d'illusion à se faire ; un père et une mère, une mère surtout ! ne nous auraient pas abandonnés dans le triste état où nous fûmes recueillis. Songe qu'on ne nous avait pas même laissé un lambeau d'étoffe pour nous garantir du froid !

DÉBORA.

De crainte, sans doute, que plus tard il n'aidât à nous faire reconnaître.

DANIEL.

Je ne crois pas... Nous étions deux pauvres petits êtres voués à la mort !

DÉBORA.

N'en accuse pas nos parents, Daniel !.. Ils ont dû tout ignorer.

DANIEL.

Sans doute, parce qu'ils étaient morts.

DÉBORA

Qui sait ?... Une voix me dit, Daniel, que notre père est vivant et que nous le retrouverons.

DANIEL.

Et voilà à quoi tu penses depuis huit jours !

DÉBORA.

Ne souris pas de mon pressentiment... S'il allait se réaliser !.. Quel bonheur pour nous !.. Quelle joie pour notre père qui doit être bien malheureux...

DANIEL.

Hélas ! Crains plutôt de te bercer d'un vain espoir... N'y pense pas trop surtout, ma Débora ;... c'est ce qui te rend soucieuse, et cela attriste le bon vieillard qui est notre père par le dévouement.

DÉBORA.

Ton cœur est meilleur que le mien, Daniel.

DANIEL.

Je l'entends.. Prépare à son intention ton plus aimable sourire.

SCÈNE III.

DANIEL, DÉBORA, SIMÉON LÉVY.

DÉBORA, *allant au devant de Siméon Lévy qui entre par la porte du fond.*

Mon père...

SIMÉON LÉVY, *pressant dans ses bras Daniel et Débora.*

Mes enfants...

DANIEL.

Vous paraissez ému.

DÉBORA.

Vous êtes tout tremblant.

SIMÉON LÉVY.

Un affreux malheur, mes enfants !...

DANIEL.

Un malheur !

SIMÉON LÉVY.

L'armée catholique vient d'entrer dans Vienne.

DANIEL.

Il fallait s'y attendre, après le départ des protestants qui ont évacué précipitamment la ville la nuit dernière.

SIMÉON LÉVY.

Oui, mais qui pouvait penser qu'ils mettraient à sac une ville sans défense.

DANIEL.

Il se pourrait !

(*Tumulte éloigné*).

SIMÉON LÉVY.

Entendez-vous le tocsin ?... C'est le signal du pillage... Ecoutez !... Ces coups de feu dans le lointain... C'est le massacre qui commence... Voyez-vous ces lueurs sinistres ?... Le feu est dans la grande rue!... Et les soldats ivres ne se contentent pas de piller et de tuer ceux qu'ils supposent avoir fait cause commune avec leurs ennemis et de renverser les temples des protestants qu'ils ont vaincus ; je les ai vus incendier les maisons de leurs coréligionnaires et profaner leurs propres églises.

DÉBORA, *à Siméon Lévy.*

Le Capitaine Jacques de la Tour est protestant ?

SIMÉON LÉVY.

Sans doute...

DÉBORA.

Avez-vous de ses nouvelles, mon père ?

SIMÉON LÉVY.

A l'auberge de *la Cornemuse* (1) où il logeait, j'ai su qu'on l'avait vu ce matin encore, après le départ de l'armée protestante.

DÉBORA.

Il n'aura pas voulu fuir... et il se sera fait tuer... mon Dieu !

SIMÉON LÉVY.

Ma fille !.. *(A part)* Elle pleure !

DÉBORA, *à Daniel.*

Ah ! tu n'avais que trop raison ! Ce que je prenais pour un avis secret du ciel n'était qu'une illusion de mon cœur.

SIMÉON, *à Débora.*

Que voulez-vous dire ?.. Vous gardez le silence ! Auriez-vous des secrets pour moi qui vous ai reçue du ciel, tout enfant ?.. Il n'y avait pas un an encore que ma Rachel m'avait été enlevée ! Toutes les douleurs,

---

(1) A l'angle d'une maison donnant dans la petite rue de la Cornemuse et sur le cours Romestang on voit une statuette représentant un joueur de Cornemuse. Elle servait, il y a quelques années encore, d'enseigne à une auberge connue depuis longtemps.

tous les désespoirs d'un père à qui on a volé son enfant, me torturaient le cœur!.. Je ne vivais plus... je cherchais ma fille... toujours... partout, sans pouvoir hélas! la retrouver. Un soir, je m'étais dirigé du côté de la Gère; après avoir erré longtemps le long du quai désert, brisé, je me laissai tomber sur une pierre... En face de moi, au sommet de la colline, se dressait la Bâtie... sombre, menaçante! Derrière ses murs épais, je voyais la prison... je devinais le tombeau!.. Ma fille est là, me disais-je; c'est là qu'elle souffre, qu'elle meurt peut-être.. Et instinctivement, je prêtais l'oreille, espérant surprendre dans la nuit silencieuse quelque plainte, un soupir échappé de l'affreux donjon. Mon Dieu! je ne me trompe pas! J'entends des gémissements... On dirait des voix d'enfant... J'écoute... Les cris redoublent... Ils viennent de la Gère... Je cours à la rivière... j'écarte les roseaux... Ah! quel affreux spectacle s'offre à ma vue! Dans un berceau d'osier que le courant entraînait déjà vers le Rhône, vers la mort!... deux petits enfants gisaient tout nus sur un peu de paille! Grelottant de froid, ils me tendaient, en criant, leurs petites mains suppliantes.

DÉBORA.

Vous avez eu pitié des deux petits abandonnés.

DANIEL.

Et les deux orphelins ont trouvé en vous le meilleur des pères!

SIMÉON LÉVY.

Je me suis dit que le Seigneur me les envoyait pour me consoler de la perte de ma Rachel!...

(*Tumulte au dehors*).

VOIX DIVERSES.

Mort aux Huguenots !

DÉBORA.

Dieu ! ces cris !

SIMÉON LÉVY.

Ah ! mes enfants, j'avais oublié les dangers dont nous sommes menacés. Daniel, vois bien si tous les volets sont mis, si toutes les portes sont fermées au verrou... (*Daniel sort par la porte du fond*). Et toi, Débora, il faut tout prévoir.. même un départ précipité,.. fais un choix de ce que nous avons de plus précieux... Va. (*Débora sort par la droite*).

SCÈNE IV.

SIMÉON LÉVY, *seul.*

Ce que nous avons de plus précieux ! Mon or, mes bijoux, mes coffrets ciselés, qu'est-ce-que tout cela auprès de mes enfants ?... Si l'on allait me tuer mon Daniel... m'enlever ma Débora... ma Débora qui pour moi est une seconde Rachel !.. (*Allant au tableau, il écarte le crèpe noir qui le recouvre ; les yeux fixés sur le portrait de Rachel.*) Etrange ressemblance qui fait qu'en regardant Débora je crois voir Rachel ; qu'en pensant à Rachel, c'est sous les traits de Débora que le souvenir évoque son image !... Faut-il encore que mes deux filles se ressemblent par la destinée ?... Perdre ma Débora comme j'ai perdu ma Rachel... Ah ! mon Dieu, épargnez-moi ce désespoir!.. J'ai tant souffert, tant pleuré quand une fois déjà votre main s'est apesantie sur moi, que je ne survivrais pas, je le sens, à une nouvelle épreuve !..

SCÈNE V.

SIMÉON LÉVY, DÉBORA, UNE SERVANTE, puis DANIEL.

DÉBORA, *rentrant suivie d'une servante qui porte un lourd coffret.*

J'ai fait, mon père, ce que vous m'aviez ordonné...

SIMÉON LÉVY.

C'est bien, mon enfant. (*A la servante, lui indiquant la table*).Posez là ce coffret.(*La servante obéit et sort*).

DANIEL, *rentrant.*

J'ai placé des barres de fer à toutes les portes ; et voici des armes en cas d'alerte !

SIMÉON LÉVY.

Tu comptes donc résister ?...

DANIEL.

Ils me passeront sur le corps avant d'arriver à vous et à Débora.

DÉBORA.

Daniel !

SIMÉON LÉVY.

Ah ! celui-là est de bonne race, j'en réponds...

(On entend plusieurs coups violents frappés sur la porte d'entrée de la maison. — Mouvement d'effroi et d'attention parmi les personnages en scène.)

VOIX, *au dehors.*

Siméon Lévy !.. Ouvrez à un ami !..

DÉBORA.

Cette voix... C'est Jacques de la Tour, mon père!..

SIMÉON LÉVY.

Hâte-toi de lui ouvrir, Daniel ; il court sans doute quelque danger. (*Daniel sort en courant par la porte du fond*).

DÉBORA.

Vous êtes bon et généreux !

SCÈNE VI.

SIMÉON LÉVY, DÉBORA, DANIEL, JACQUES DE LA TOUR ET L'HERCULE.

(Jacques de la Tour et l'Hercule sont en équipage de guerre avec casque et cuirasse).

JACQUES DE LA TOUR, *sur le seuil de la porte.*

Pardonnez-moi de troubler votre repos;.. mais comme je passais près de chez vous, harassé de fatigue, j'ai pensé que vous ne me refuseriez pas un abri pour quelques instants !

SIMÉON.

Tout le temps qu'il vous plaira, M. de la Tour. Disposez de moi comme d'un ami.

JACQUES DE LA TOUR.

Ah ! merci !.. Ce n'était pas sans quelque appréhension, je vous l'avoue, que je frappais à votre porte. Tout ce qui m'arrive n'est que trop fait pour ébranler la foi la plus robuste ! Depuis mon retour à Vienne, le malheur s'est acharné sur moi. J'ai vu tomber, l'un après l'autre, tous ceux qui s'étaient associés à ma fortune : mon écuyer, Gaspard, un ami de quinze ans ! et deux camarades de l'Hercule frappés à mes côtés. Il ne me reste plus que celui-ci qui peut-être, à son tour, se fera tuer tout à l'heure !.. *(Il tend la main à l'Hercule qui la serre silencieusement puis retourne à la porte du fond où il se tient en faction, l'épée à la main).* Mais, grâce à vous, je reprends courage. C'est une preuve que Dieu ne m'abandonne pas, puisque en un moment si critique, je retrouve de vrais amis !

SIMÉON LÉVY.

Reposez-vous, mon hôte.

(Il fait signe à Daniel d'approcher un fauteuil.)

JACQUES DE LA TOUR, *s'asseyant.*

Depuis ce matin, l'Hercule et moi, pourchassés de rue en rue, nous luttons seuls contre les bandes avinées de M. de Maugiron... Je m'étais mis en tête de ne pas quitter Vienne ;.. Il nous faudra renoncer à la partie ; n'est-ce-pas, mon brave Hercule ?

L'HERCULE.

Dame ! elle est un peu inégale... mais nous la reprendrons...

JACQUES DE LA TOUR.

Comment donc ? quel enragé !

(La servante apporte des rafraîchissements. Débora remplit les verres).

SIMÉON LÉVY.

A votre bonne chance, Capitaine !

JACQUES DE LA TOUR, *à l'Hercule.*

Voilà qui va achever de nous remettre... A la santé de nos hôtes ! Et maintenant, debout. (*Il se lève*).

SIMÉON LÉVY.

Vous partez déjà !

JACQUES DE LA TOUR.

La rue doit être libre, et je ne veux pas, d'ailleurs, abuser de votre hospitalité. Donner asile au vaincu, est un crime aux yeux du vainqueur.

DANIEL.

S'ils viennent, nous traiterons les pillards comme il y a huit jours, à la porte de Lyon, les soldats de M. de Saint-Marc.

SIMÉON LÉVY.

Saint-Marc ! (*Bas à Jacques de la Tour*) On le dit à la tête des massacreurs.

JACQUES DE LA TOUR.

Il n'est que trop vrai !... Je lui ai rendu la liberté après le départ de l'armée protestante. Il me fait presque regretter ma générosité.

SIMÉON LÉVY, *bas à Jacques de la Tour.*

Savez-vous que, depuis plus de six mois, cet homme poursuit ma fille de son odieuse passion ?

JACQUES DE LA TOUR.

Que dites-vous ?

SIMÉON LÉVY.

Avant la guerre, quand il était lieutenant de M. de Maugiron à Vienne, il venait presque chaque jour chez moi, sous prétexte de marchander quelque objet d'art, d'acheter quelque bijou... Mais j'avais l'expérience du passé et je veillais sur ma Débora. La prise de Vienne par les protestants nous avait débarrassés de ses obsessions, quand il y a huit jours, vous le savez, le malheur voulut qu'il nous surprît à la Porte de Lyon. Mais vous étiez là, vous avez sauvé ma fille !.. Aujourd'hui il est le maître dans une ville mise au pillage... Oh ! je frémis en pensant qu'il peut, d'un instant à l'autre, entrer chez moi !

JACQUES DE LA TOUR, *à part.*

Malheureux père !

SIMÉON LÉVY.

Me voler ma seconde fille... un Pierre de St-Marc !.. Ah ! le cadavre de Louis de Maugiron doit tressaillir d'aise dans sa tombe... Le grand seigneur a trouvé dans le valet de son frère, un digne rival en infamie !...

JACQUES DE LA TOUR, *sévèrement.*

Siméon Lévy, c'est mal d'insulter à la mémoire d'un mort !

SIMÉON LÉVY.

Ce mort, il m'a pris ma fille.. ma fille que je n'ai pas revue... dont je n'ai plus entendu parler.

JACQUES DE LA TOUR.

Ignorez-vous donc, vous aussi, ce qu'est devenue Rachel ?

SIMÉON, *à part.*

Rachel !..

JACQUES DE LA TOUR.

Répondez !... C'est un ami qui vous interroge, un ami qui partage votre douleur...

L'HERCULE.

Capitaine, la rue se remplit de soldats ; il serait temps de battre en retraite.

DÉBORA, *à Jacques de la Tour.*

Ne sortez pas ; ils vous tueraient.

JACQUES DE LA TOUR.

Rester, c'est vous perdre tous.

DANIEL.

Vos ennemis sont les nôtres. Saint-Marc est peut-être à leur tête... Si vous n'étiez plus là quand ils auront enfoncé cette porte... Ah ! par pitié pour ma sœur !.. par pitié pour nous tous !.. que votre épée nous protège !

JACQUES DE LA TOUR.

Oui, Daniel... avec l'Hercule nous tiendrons tête à ces misérables... Oui, nous défendrons votre père... votre sœur.. Ah ! je jure Dieu, mademoiselle, que tant qu'un souffle... (*A part*) Ah ! cette ressemblance !.. Toujours cette pensée qui me vient assaillir, comme l'autre soir, à l'auberge de la Mule blanche...

(L'Hercule sort.)

SCÈNE VII

JACQUES DE LA TOUR, SIMÉON LÉVY, DANIEL, DÉBORA.

SIMÉON LÉVY, *à part.*

Comment sait-il le nom de Rachel ? Comme il regarde Débora !.. (*Haut*) Capitaine, votre main. (*A part*)

Sa main tremble. (*Haut*) M. de la Tour, vous êtes un honnête homme. Je mets ces enfants sous la garde de votre honneur.

JACQUES DE LA TOUR, *dans le plus grand trouble.*

Vos enfants !.. Oui... Rachel... non, Débora... Débora et Daniel... Ah ! oui, je les défendrai comme mes propres enfants.

DÉBORA, *à part.*

Ses enfants... Ah ! sa voix répond aux élans de mon cœur !..

JACQUES DE LA TOUR, *les yeux fixés sur Débora.*

Débora... Ah ! est-ce que je deviens fou ?.. Siméon Lévy... ces traits, ce regard... ne vous rappellent-ils pas ?..

SIMÉON LÉVY, *à part.*

Que veut-il dire ?

JACQUES DE LA TOUR, *apercevant le portrait de Rachel Lévy resté découvert.*

Ah!.. Vous voyez bien qu'elles se ressemblent ... (*Allant au portrait*) Rachel ! Rachel !

SIMÉON LÉVY, *chancelant, à part.*

Mon Dieu !..

DANIEL, *soutenant Siméon Lévy.*

Mon père !

Débora, muette de surprise, considère Jacques de la Tour. Moment de silence.

SIMÉON LÉVY, *allant à Jacques de la Tour.*

Qui êtes-vous donc, vous qui reconnaissez ma fille?.. Louis de Maugiron est mort... bien mort, n'est-ce-pas?.. Oh! je soupçonne quelque odieuse bouffonnerie... S'il avait été épargné par un père trop faible... par une mère trop tendre... s'il était vivant encore!... Ah! tout vieux que je suis, je trouverais dans ma haine assez de force pour me venger... Louis de Maugiron se nommât-il aujourd'hui Jacques de la Tour!..

DANIEL.

Capitaine, vous n'êtes pas cet homme dont le nom seul nous fait frissonner;.. ce Louis de Maugiron que nous haïssons tous?

JACQUES DE LA TOUR.

Ah! tais-toi, Daniel!

DÉBORA, *à Daniel.*

Mon frère!..

DANIEL, *à Débora.*

De la pitié pour...

DÉBORA, *bas et lui faisant remarquer l'émotion de Jacques de la Tour.*

Regarde!

JACQUES DE LA TOUR, *à part.*

A quoi bon encourir leur haine?

SIMÉON LÉVY.

Mais parlez-donc!

JACQUES DE LA TOUR.

Louis de Maugiron avait un compagnon de captivité... un jeune homme de son âge, condamné comme lui pour avoir embrassé la Réforme. Jacques de la Tour, car c'était moi, devint son confident. Vous comprenez maintenant comment je sais le nom de votre fille,.. pourquoi je m'intéresse au sort de celle qui fut la femme de mon ami...

SIMÉON LÉVY.

Sa femme !..

JACQUES DE LA TOUR, *baissant la voix.*

Mais si vous êtes sans nouvelles de Rachel, vous savez peut-être ce que sont devenus ses enfants.

SIMÉON LÉVY.

Les enfants de ma fille ?

JACQUES DE LA TOUR.

Deux jumeaux nés durant sa captivité...

SIMÉON LÉVY, *à part.*

Je ne sais que penser...

SCÈNE VIII.

LES PRÉCÉDENTS, l'HERCULE.

L'HERCULE, *accourant.*

Capitaine.. un soldat ivre s'obstinait à faire du tapage devant la maison... Comme ses cris menaçaient d'attirer toute une bande de coquins de son espèce... d'un coup d'épée je l'ai fait taire.

JACQUES DE LA TOUR.

Imprudent!..(*Bruit au dehors*) Nous avions quelque chance encore d'être oubliés ;... maintenant il ne nous reste plus qu'à vendre chèrement notre vie.

DANIEL, *du fond.*

Tous les limiers de Saint-Marc sont là qui aboient à notre porte !..

AU DEHORS.

Mort aux Huguenots ! mort aux assassins !

SIMÉON LÉVY, *embrassant ses enfants.*

Ah ! mes enfants ! c'en est fait de nous !

JACQUES DE LA TOUR, *courant à la fenêtre.*

Non, je reconnais les lieux... C'est le cloître de St-André-le-Bas... Le long des contre-forts de l'église, cette ruelle sombre conduit au Rhône... Sur la rive opposée, c'est le salut... L'Hercule, défends la porte... qu'elle tienne tant que tu seras debout ! (*L'Hercule sort.*) Et maintenant une corde, un drap.. (*Daniel arrache un rideau*).Bien !.. Passe le premier. (*Jacques de la Tour tient par un bout le rideau auquel Daniel s'accroche pour descendre par la fenêtre.*)A vous maintenant, Siméon Lévy.

SIMÉON LÉVY.

Ma fille d'abord.

LA VOIX DE DANIEL, *au dehors.*

Une échelle, capitaine.

JACQUES DE LA TOUR.

Le ciel nous protège... Descendez sans crainte...

(*Siméon Lévy, puis Débora et la servante descendent*). Gagnez le Rhône ; je vous rejoins...

SCÈNE IX.

JACQUES DE LA TOUR, puis l'HERCULE, SOLDATS CATHOLIQUES.

Grand tumulte, cris, cliquetis d'armes. La porte du fond s'ouvre, l'Hercule entre, faisant tête à plusieurs soldats catholiques.

UN SOLDAT.

C'est lui qui a tué notre camarade.

TOUS.

A Mort ! à mort !

JACQUES DE LA TOUR.

Courage, l'Hercule !... Je suis là !.. (*Il fond sur les assaillants qu'il force à reculer.*

SCÈNE X.

LES PRÉCÉDENTS, SAINT-MARC.

SAINT-MARC, *entrant par la porte du fond.*

Mais c'est la voix de M. de la Tour.

JACQUES DE LA TOUR.

M. de Saint-Marc !

SAINT-MARC, *à ses soldats.*

Bas les épées, vous autres !.. M. de la Tour, vous êtes mon prisonnier.

JACQUES DE LA TOUR.

Quand vous m'aurez pris.

SAINT-MARC, *allant à lui, vivement.*

Malheureux !.. Je veux vous sauver...

JACQUES DE LA TOUR.

Je préfère me sauver moi-même.

SAINT-MARC, *ôtant l'écharpe blanche qu'il avait au bras et la donnant à Jacques de la Tour.*

Alors, mettez cette écharpe à votre bras... Avec ce signe de reconnaissance et un "je crois en Dieu", vous passerez librement...

JACQUES DE LA TOUR.

Merci, M. de Saint-Marc. (*Il se dispose à sortir par la fenêtre.*)

SAINT-MARC.

Eh ! par où allez-vous ?.. La porte est de ce côté.

JACQUES DE LA TOUR, *montrant la fenêtre.*

Oui, mais j'ai des amis qui m'attendent par là.

SAINT MARC.

C'est différent.. Bonne chance, Capitaine ! (*Jacques de la Tour et l'Hercule sortent par la fenêtre.*)

SCÈNE XI.

SAINT-MARC, SOLDATS CATHOLIQUES.

SAINT-MARC, *à part.*

Il m'a laissé la vie et rendu la liberté ;.. je l'empêche de se faire tuer... Bah! Je suis encore en reste avec lui... (*Haut*) Ah ! ça, où sommes-nous ici ?

UN SOLDAT

Chez le Juif Siméon Lévy, mon capitaine.

SAINT-MARC.

Par tous les diables d'enfer !.. Je suis joué !.. Pour la seconde fois, M. de la Tour m'enlève la belle Débora.

LE SOLDAT.

Ils ne peuvent être loin encore....

SAINT MARC.

Un Saint-Marc n'a qu'une parole... Après tout, ce n'est que partie remise.

Fin du premier acte.

ACTE DEUXIÈME

2me TABLEAU

LE GEOLIER

DE LA TOUR DE SAINTE-COLOMBE

Une grande salle voûtée dans la Tour de Ste-Colombe près de Vienne ; murailles nues avec nervures cintrées aboutissant à la clef de voute. Porte au fond, ouvrant sur l'escalier de la Tour ; à droite, au premier plan, porte basse donnant sur un escalier dérobé qui conduit aux cachots souterrains ; à gauche, une cheminée à large manteau. Dans le pan coupé de droite, une fenêtre. Ameublement délabré composé d'une table, à droite 2e plan, d'un lit contre la muraille, du même côté. A la tête du lit un bahut ; escabeaux. — Il fait nuit.

SCÈNE PREMIÈRE

SIMON TRAYNARD, GRÉGOIRE, SOLDATS ET GUICHETIERS.

(Simon termine une partie de dés avec Grégoire qui a gagné ; les soldats et les guichetiers, buvant et fumant, font cercle autour des joueurs.)

GRÉGOIRE, *se levant.*

Sept heures !.. C'est l'heure d'aller prendre ma garde. Tu seras plus heureux une autre fois, Simon Traynard.

SIMON.

Bonsoir!.. (*Aux guichetiers*) En vous en allant... poussez la porte d'en bas.

(Grégoire, les soldats et les guichetiers sortent par la porte du fond.)

SCÈNE II

SIMON TRAYNARD, *seul.*

Ce Grégoire a un bonheur insolent!.. C'est trois écus qu'il m'emporte... ma solde d'une semaine! Du diable s'il m'y reprend!.. Tout est tranquille dans la tour... (*Il va fermer la porte du fond*) Personne ne me dérangera plus... Un dernier verre de vin avant de me coucher... (*Après s'être versé à boire et choquant son verre contre le pot*) A ta santé, mon vieux camarade!.. et à la mienne! (*Il boit*) Hein?. Un bruit de chevaux.. (*Il écoute*). On s'arrête devant la tour... Quelqu'un monte... Qui peut venir à cette heure?

(On frappe.)

UNE VOIX, *au dehors.*

Ouvre donc, Simon!

SIMON *va ouvrir, reconnaissant Saint-Marc,*

M. le Gouverneur de Vienne!

SCÈNE III.

SAINT-MARC, SIMON TRAYNARD.

SAINT-MARC.

Peste!.. Tu te barricades comme si tu avais quelque trésor à garder... (*Remarquant le pot de vin*) Je vois ce que c'est... Buveur incorrigible!..

SIMON.

Le vin fait oublier, Monseigneur...

SAINT-MARC.

J'aime cette philosophie... Sort-elle, au moins, d'un bon crû? (*Flairant le vin*) Il embaume la violette... Du vin d'Ampuis, peste !

SIMON.

M. de Maugiron n'en boit pas de meilleur.

SAINT-MARC.

Eh! je suis quelque peu connaisseur.

SIMON.

Pas en bon vin seulement, s'il faut en croire la renommée...

SAINT-MARC.

Ah ! La renommée daigne s'occuper de moi?

SIMON.

Elle vous proclame cavalier accompli, aimé des dames, craint des maris.

SAINT-MARC.

Tu es intelligent... On pourrait faire quelque chose pour toi.

SIMON.

Monseigneur n'obligerait pas un ingrat... Les temps sont durs...

SAINT-MARC.

A qui le dis-tu? Mais la geôle doit te rapporter de quoi faire honneur à tes petites affaires?

SIMON.

Cent cinquante écus, bon an mal an... Une misère !.

SAINT-MARC.

La tour, à vrai dire, ne sert plus guère à grand chose. Je gage que tu n'as pas un prisonnier de marque... non !... A peine trois ou quatre huguenots bons à pendre.. En revanche, tu as des prisonnières ?.. Jeunes ?.. Non !... Gueule de loup !... Garder des parpaillots et des laiderons... Au diable le métier !... (*Simon lui a donné un verre ; il s'est versé un peu de vin*) Voici un vin qui doit griser le mieux du monde... Ah ! ça... si tu fermais la porte... L'air du dehors est frais. (*Simon va fermer la porte*). Cent cinquante écus !.. Quand là dessus on a payé le boulanger et le vigneron...

SIMON.

On n'a pas engraissé d'une once au bout de l'année...

SAINT-MARC.

Dans ton jeune temps, tu passais pour un redoutable compagnon... maniant le poignard aussi habilement que l'épée... On vantait surtout, si j'ai bonne mémoire, ta façon d'expédier certaines affaires délicates....

SIMON.

Monseigneur veut me flatter...

SAINT-MARC.

C'est toi qui as livré Louis de Maugiron à son père.

SIMON, *sombre*.

Oui.

SAINT-MARC.

Un coup hardi !.. Le Maugiron avait bec et ongles...

SIMON.

Il ne s'est pas même douté que j'avais été pour quelque chose dans son arrestation.

SAINT-MARC.

Bravo ! Dans ce temps là on eut pu compter sur toi..

SIMON.

Bah ! Il n'y a encore que l'ouvrage qui manque.

SAINT-MARC.

Entreprenant, adroit, tu ne reculais jamais quelle que fût la besogne....

SIMON.

Aujourd'hui.... tout cela ne vaut pas la croix de Saint-Maurice sur un écu de six livres !.... Il n'y a plus que les soudards qui fassent leurs affaires.. Nous autres, spadassins, nos beaux jours sont passés... Et pourtant... par la Mort-Dieu ! je ne suis pas si vieux, si cassé, que je ne puisse encore être bon à quelque chose... Je n'ai que quarante-sept ans... et la tête est solide ; et les poings donc ! J'assommerais un bœuf !.. Mais personne ne m'occupe et faute d'argent, je vis comme un gueux !

SAINT-MARC, *laisse tomber sa bourse. D'un ton indifférent.*

Ah ! Qu'est cela ? (*Simon Traynard ramasse la bourse*) Je sais... une misère qu'un débiteur consciencieux m'a fait remettre avant de rendre son âme au diable... hein !.. Le procédé est honnête !.. Je n'ai pas eu le temps de reconnaître la somme... Il faudrait me déganter ; rends-moi le service de voir si le compte y est... Pendant ce temps, je vais me chauffer les pieds... il fait un froid de loup dans ta caverne... (*Il va à la cheminée et s'asseoit les pieds sur les chenets, tournant le dos à Simon Traynard.*

SIMON, *ouvrant la bourse.*

De l'or !

SAINT-MARC.

C'est fastidieux !.. Depuis le sac de Vienne, il court les rues !... (*Regardant Simon à la dérobée, à part*) L'or fait son effet sur le drôle !.. (*Pendant que Simon compte la somme*) Tu ne me fais pas compliment de mon costume... Il sort pourtant de chez le bon faiseur! Je l'étrenne pour la grande fête champêtre que donne ce soir M. de Maugiron dans son château d'Ampuis.

SIMON.

Un bal masqué.. j'en ai entendu parler... (*Comptant*) Quarante... quarante et un...

SAINT-MARC.

Toute la noblesse du Dauphiné et du Lyonnais y est invitée... M. le Grand Chancelier de France y sera... Tu sais qu'il vient au nom de notre aimé sire, S. M. le Roi, achever la pacification de la province.

SIMON.

Il aura fort à faire.

SAINT-MARC.

C'est mon avis !

SIMON, *qui a achevé de compter.*

Il y a cent florins.

SAINT-MARC.

C'est bien le compte.

SIMON.

Je gage que vous allez perdre au jeu tout cet or, chez M. de Maugiron.

SAINT-MARC.

Ne gage pas... c'est toi qui perdrais!.. La somme est à qui voudra la gagner.

SIMON.

La gagner !

SAINT-MARC.

Mais... tu n'es pas homme à faire fi de cent florins.. toi !

SIMON, *résolu.*

Que voulez-vous de moi, monseigneur ?

SAINT-MARC, *se levant.*

Un homme... mais vivant... vivant, entends-tu ?

SIMON.

S'il résiste ?

SAINT-MARC.

Il ne faut pas même que la pensée lui en vienne... Imagine un piège... un traquenard dans lequel il tombera... sans se faire de mal;... mais je t'en préviens... c'est un redoutable adversaire...

SIMON.

J'ai bien livré Louis de Maugiron.

SAINT-MARC.

C'est pour cela que je t'ai donné la préférence...

SIMON.

Le nom de l'homme ?

SAINT-MARC.

Jacques de la Tour... un gentilhomme protestant, étranger sans doute, car dans le pays personne ne le connaît... que je ne sais quelle folie... l'amour peut-être... a retenu à Vienne après le départ de ses coréligionnaires. Jusqu'à ce jour, à force d'adresse, il est parvenu à dépister mes gens... Tu trouveras sur ce papier son signalement et quelques indications utiles. Je te donne huit jours pour le trouver.

SIMON.

C'est peu... Enfin !

SAINT-MARC.

Dès que tu te seras emparé de lui, préviens moi... Je te compterai cent autres florins et nous serons quittes.

SIMON.

Voilà qui est parlé !... Comme je me nomme Simon Traynard, dans huit jours, à moins qu'il n'ait quitté le pays, le Capitaine Jacques de la Tour sera en votre pouvoir.

SAINT-MARC, *à part.*

Et alors, Capitaine Jacques de la Tour, je saurai bien vous obliger à me dire dans quelle retraite mystérieuse vous tenez cachée la fille du juif. (*Haut*) Affaire conclue ! Je pars pour le château d'Ampuis... Tu n'as rien à faire dire à M. de Maugiron? Alors, adieu... et ne perds pas de temps, surtout.

SIMON, *lui éclairant.*

Comptez sur moi !

(Saint-Marc sort).

SCÈNE IV.

SIMON, *seul.*

Deux cents florins... Je vais pouvoir remplir ma cave et boire tout mon soûl ?.. A chacun son plaisir !.. Le jeu m'ennuie... les femmes ne me trouvent plus assez jeune... je n'aime qu'une chose, le vin !.. Je l'aime à la passion... à la folie !.. Quand j'étais soldat... il y a longtemps de cela... seize ans !... je ne buvais pas... mais maintenant que je ne suis plus qu'un geôlier... il faut bien que je m'étourdisse... (*On frappe*) Encore un visiteur !... Qu'il soit le bienvenu s'il m'apporte aussi de l'argent. (*Il cache dans le bahut la bourse que vient de lui donner Saint-Marc et va ouvrir la porte du fond, sa lampe à la main.*)

SCÈNE V.

JACQUES DE LA TOUR, SIMON TRAYNARD.

A la vue de Jacques de la Tour, ou plutôt de Louis de Maugiron qu'il reconnait, Simon Traynard pousse un cri d'effroi et laisse tomber sa lampe qui s'éteint. — La chambre n'est plus éclairée que par la flambée des sarments dans la cheminée.

SIMON.

Dieu ? Qu'ai-je vu !

Louis de Maugiron marche lentement sur Simon Traynard qui recule épouvanté.

(Long silence).

SIMON, *d'une voix étranglée par la peur.*

Qui demandez-vous... mon maître ?

LOUIS.

L'homme qui fut autrefois l'écuyer de Louis de Maugiron.

SIMON, *à part.*

Cette voix !

LOUIS.

Je te reconnais, Simon Traynard. Ne me reconnais-tu pas aussi ?... Interroge tes souvenirs...

SIMON.

Mes souvenirs... mes remords !... Ah !... C'est le fantôme que je vois toutes les nuits !... Non... je ne dors pas !... par les anges du paradis... s'il n'était mort !...

LOUIS.

Dieu permet parfois aux morts de revenir.

SIMON.

Non... les morts ne reviennent pas !.. Et Monseigneur Louis de Maugiron est mort !

LOUIS.

Hormis pour toi... puisque tu m'as reconnu.

SIMON.

Non !.... Non !.. je ne vous reconnais pas !...

LOUIS.

Soit!... Louis de Maugiron est mort,... mais Jacques de la Tour t'interroge en son nom.

SIMON, *surpris.*

Jacques de la Tour ?

LOUIS.

Sommes-nous seuls, Simon ?

SIMON, *à part.*

Jacques de la Tour... lui !

LOUIS.

Personne ne doit entendre ce que j'ai à te dire... Allons !

(Simon va fermer la porte).

SIMON, *à part, obéissant à une inspiration subite.*

Ah !... (*Il ôte la clef*).

LOUIS, *qui a suivi des yeux tous ses mouvements.*

Que fais-tu donc, maître drôle ?... Remets la clef à la serrure... (*Découvrant deux pistolets à sa ceinture.*) J'ai pris mes précautions, cette fois... (*Simon remet la clef à la serrure*) Rallume ta lampe... il est bon d'y voir clair avec toi. (*Simon a été rallumer sa lampe à la flamme du foyer*). Approche maintenant... plus près!... Simon... je sais tout... tout, entends-tu?... Ah! tu baisses la tête ;... ton tour est venu de trembler... d'avoir peur !... Traître qui a livré son ami... Judas qui a vendu son maître !... Encore Judas repentant, avant de se tuer s'était-il débarrassé du prix de sa trahison... Toi... tu as gardé les cinq cents écus d'or que t'avait donnés mon frère ! Et tu vis, misérable !... Je devrais... Mais ce n'est pas une œuvre de colère, que je suis venu accomplir... non !... Tu parlais d'un fantôme qui t'apparaît chaque nuit ; c'est le remords... Un terrible châtiment, mais un avertissement du ciel aussi !... Du remords au repentir la voie est facile... et je t'offre une occasion de mériter ton pardon. Je ne parle plus de ta trahison... ce qui est fait est fait... mais on t'a proposé de faire disparaître une femme et des enfants... et tu as accepté le marché... Inutile de nier. Qu'as-tu fait de Rachel et de ses enfants ? Que sont-ils devenus ?... Voyons !... un bon mouvement, Simon... parle.

SIMON.

Si j'étais sûr que vous êtes l'homme que vous dites !...

LOUIS.

Tu veux des preuves ?... L'aveu échappé à ta terreur lorsque tu m'as reconnu, ne te suffit plus... soit !... En voici une. Peu de temps après sa condamnation, Louis de Maugiron qui croyait encore à ta fidélité, obtint qu'on te laissât venir dans sa prison. Dans cette entrevue qui n'eut pas de témoins... Louis de Maugiron te chargea de porter à sa mère certaine cassette que tu devais trouver dans une armoire dissimulée sous la tapisserie de sa chambre.

SIMON.

C'est vrai...

LOUIS.

Tu n'as pas rempli la mission que Louis de Maugiron t'avait confiée... et qui pouvait le sauver !

SIMON.

Louis de Maugiron mourut sur ces entrefaites.

LOUIS.

Non ! Ce n'est que six mois plus tard qu'on fit courir le bruit de sa mort... Tu as gardé la cassette au moins ?

SIMON.

Je vous répondrai quand vous m'aurez dit comment est cette cassette.

LOUIS.

Ah !... Elle est en fer... ornée d'une peinture en émail à carreaux blancs et noirs, imitant un damier.

SIMON.

Comment s'ouvre-t-elle ?

LOUIS.

Je n'ai pas eu besoin de te le dire ; ma mère connaissait le secret.

SIMON.

Votre mémoire est en défaut. Louis de Maugiron m'a appris ce secret.

LOUIS.

Au surplus, la cassette ne contient que des papiers... et tu ne sais pas lire.

SIMON.

Vous avez donc tort de vous défier de moi.

LOUIS.

Pour l'ouvrir, il suffit de presser le cinquième carreau blanc à gauche, près de la charnière.

SIMON.

Bien...

LOUIS.

Rends moi cette cassette.

SIMON.

Pas encore !

LOUIS.

Simon !... Prends garde ; ma patience est à bout !

SIMON, *allant à son bahut, en tire la cassette.*

C'est bien cela ?

LOUIS.

Oui, Donne...

SIMON, *hésitant.*

Il est permis de réfléchir ! L'affaire est grave... et je cours des risques... Qui me prouve que vous n'êtes pas envoyé par Laurent de Maugiron pour surprendre un secret qu'il paierait cher...

LOUIS.

Oh ! oui.

SIMON.

Vous voyez !... Il s'agit de la vie de la veuve et des enfants de mon ancien maître !

LOUIS.

Ils vivent !... Ah ! Simon... demande-moi toutes les preuves que tu voudras !

SIMON.

Je n'en veux qu'une... et si vous me la donnez, comme elle ne me laissera plus aucun doute, non seulement je vous rendrai cette cassette, mais je vous dirai tout ce que je sais sur Rachel Lévy et ses enfants.

LOUIS.

Parle donc !

SIMON.

Le jour des funérailles de mon maître, j'ai vu descendre un cercueil dans le caveau des Maugiron, à Saint-Maurice. Guy de Maugiron n'était pas homme à laisser inhumer un cadavre étranger dans le tombeau de ses ancêtres... Si Louis de Maugiron n'est pas mort... son cercueil est vide.

LOUIS.

Il est vide !

SIMON.

C'est ce qu'il faut me prouver.

LOUIS.

Comment ?

SIMON.

Mais en pénétrant dans le caveau.

LOUIS.

C'est mon frère qui en a les clefs.

SIMON.

Nous entrerons par l'ouverture qui sert à descendre les cercueils.

LOUIS.

Violer une sépulture ! D'ailleurs, une dalle large de plusieurs pieds et scellée dans le pavé de l'église, bouche cette ouverture.

SIMON.

Eh ! voilà bien des objections !

LOUIS, *résolument.*

Nous descellerons la pierre.

SIMON.

Quand voulez-vous tenter l'aventure ?

LOUIS.

A l'instant !

SIMON.

Il n'est que dix heures... on pourrait nous voir... De minuit à une heure, je fais ma ronde... mais... à deux heures, je suis votre homme.

LOUIS.

A deux heures, soit !... J'ai, de mon côté, quelques précautions à prendre...

SIMON, *avec une bonhomie feinte.*

On ne saurait agir avec trop de prudence.. Toutefois vous viendrez seul ?.. L'aventure est de celles qui ne veulent pas de témoins.

LOUIS.

Et tu jures que si le cercueil de Louis de Maugiron est vide, tu me rendras ma femme et mes enfants ?...

SIMON.

Je vous le promets.

LOUIS.

Simon... Simon... fais cela... et je te pardonnerai ! Où nous retrouverons-nous ?

SIMON.

Devant Saint-Maurice.

LOUIS.

A deux heures !... (*Il sort sans reprendre un gant qu'il avait posé en entrant sur la table et qui est tombé à terre.*

SIMON, *triomphant.*

A deux heures... Jacques de la Tour !...

SCÈNE VI

SIMON TRAYNARD, *seul.*

Une fois dans le caveau des Maugiron... Voilà bien le traquenard dont parlait M. le Gouverneur de Vienne... Mais il s'agit bien de M. de Saint-Marc... un autre me paiera la prise autrement cher que lui... J'ai quatre heures devant moi... C'est plus de temps qu'il ne m'en faut ! (*S'arrêtant*) Si j'allais faire une sottise, lâcher la proie pour l'ombre... deux cents florins que me rapportera la capture de Jacques de la Tour, pour... Si ce n'était pas Louis de Maugiron... Il lui ressemble... c'est sûr!.. mais il faisait nuit... et mes sottes terreurs aidant... Louis de Maugiron ressuscité... allons donc !... Cependant par qui aurait-il su l'entretien secret que j'ai eu avec Louis de Maugiron dans sa prison ?.. Qui lui aurait dit que Louis de Maugiron m'avait chargé de porter cette cassette à sa mère ?...

Qui lui aurait appris le secret de l'ouvrir... ce secret que depuis quinze ans, je cherche en vain !... Bah ! il m'aura dit la première chose venue et j'ai donné dans le panneau ! (*Tenant le coffret dans ses mains*). Le cinquième carreau blanc à gauche, près de la charnière... c'est là !.. (*Il presse le secret ; la cassette s'ouvre*) Ah!... Louis de Maugiron seul connaissait ce secret!... (*Moment de silence — regardant dans la cassette*) Des papiers !.. Rien que des papiers... Ah ! une bague !... (*Il la pose sur la table*) Voyons... Si je me souviens bien... Louis de Maugiron dans sa prison m'a dit que cette cassette contenait les preuves qu'un autre avait commis le crime pour lequel il était condamné... Pour quelqu'un qui saurait lire, il y aurait là peut-être une fortune.. Grégoire sait lire... mais il voudra partager.. J'y songe... ma prisonnière... oui... (*Il prend dans le coffret tous les papiers qu'il cache dans son justaucorps*) Inutile de prendre la boite ; les papiers suffiront. (*Il remet le coffret dans le bahut, puis sort par la porte qui mène aux cachots. La scène reste vide un moment.*)

SCÈNE VII.

SIMON TRAYNARD, RACHEL LÉVY.

(Rachel, belle malgré les souffrances d'une longue captivité et en dépit des baillons dont elle est couverte, avance en chancelant.)

RACHEL.

Que me veux-tu, Simon ? As-tu donc quelque bonne nouvelle à m'apprendre ?... De mes enfants peut-être... (*Simon fait un signe affirmatif*) Tu les as vus ?

SIMON.

Oui... aujourd'hui.

RACHEL.

Oh ! parle-moi d'eux... Dis moi comment ils sont... mon fils... je me le représente, grand et beau comme son père... Je ne me trompe pas?... Il lui ressemble!... Et ma fille... c'est comme j'étais à son âge que je la vois... Ah ! c'est affreux pour une mère de ne pas connaître ses enfants !... Simon... tu n'es pas méchant... C'est grâce à toi que je ne suis pas morte.. je le sais!.. Combien tu me rendrais heureuse si un jour, comme par hasard... tu amenais ici mes enfants.

SIMON.

Sous quel prétexte?... Ils ne sont pas libres.

RACHEL.

Seraient-ils prisonniers, eux aussi?

SIMON.

Non! (*A part*) Que lui dire?... Bah ! un mensonge qui la rassure. (*Haut*) Ils sont auprès de leur oncle... chez Laurent.

RACHEL, *avec éclat.*

Chez Laurent de Maugiron !

SIMON.

Je ne vous l'avais pas dit parce que je prévoyais que cela vous ferait de la peine.

RACHEL.

Mes enfants chez Laurent ! Cet homme doit les détester, et eux-mêmes...

SIMON.

Ils se croient de pauvres orphelins... et ignorant le mal que M. de Maugiron vous a fait, ils lui sont reconnaissants...

RACHEL.

Ah ! c'est affreux!.. Je ne veux pas que mes enfants aiment cet homme !.. mais Dieu ne saurait permettre qu'ils aiment l'assassin de leur père !

SIMON.

Ah ! taisez-vous !

RACHEL.

Tu me demandais sous quel prétexte ils pourraient venir... mais c'est bien simple ;.. dans une prison, il y a des misères à soulager... Louis doit être généreux, Hozanne doit être bonne !

SIMON.

J'y avais pensé !

RACHEL.

Ah ! comme je te bénirais, Simon, si tu me donnais cette joie...

SIMON.

Eh ! précisément... dans cette lettre que je viens de recevoir, il doit être question d'une affaire qui me donnerait entrée chez M. de Maugiron. Comme ça je pourrais voir vos enfants, leur parler de ce projet... Seulement il faudrait que vous ayez la complaisance de me la lire.

RACHEL.

Que ne le disais-tu ! (*Prenant la lettre*) Il y a longtemps que cette lettre a été écrite.

SIMON.

Je ne crois pas; pourtant...

RACHEL, *lisant.*

« A M. le baron des Adrets...

SIMON, *à part.*

C'est cela. Ce sont des papiers qu'on m'envoie... Lisez...

(Rachel s'arrête étonnée).

RACHEL, *lisant.*

« M. le baron. J'ai déjà fait une partie de ce que votre envoyé m'a dit vous être agréable, ayant à la faveur de l'amitié étroite qui m'unit au Capitaine Saint-Marc, obtenu de ce gentilhomme qu'il entrât dans nos desseins. Et parce que de là dépend le succès de l'entreprise, je vous advise que demain, à cinq heures du matin, j'aurai soin de tenir mes troupes à la porte de Lyon où sera censée devoir se faire votre offensive. La porte d'Avignon, dépourvue de ses défenseurs, vous pourrez facilement la forcer et sans aucun obstacle marcher sur la citadelle que M. de Saint-Marc vous livrera après un simulacre d'attaque...

SIMON.

Et c'est signé?

RACHEL.

Laurent de Maugiron.

SIMON, *à part.*

Bien!

RACHEL.

Qu'est-ce que cela signifie?

SIMON.

Cela signifie, madame, que nous allons être vengés... Comprenez-vous?... Laurent de Maugiron, l'auteur de tous vos malheurs... Laurent est un traître!.. Nous le tenons!.. Mais lisez-moi encore cettre lettre... Quelque nouvelle arme dont nous pourrons faire usage contre votre ennemi !

RACHEL, *lisant.*

« M. le Comte. Je suis bien aise, à cause de la franche amitié que je vous porte, que vous voyez clair aux affaires qu'on vous met en avant, ce qui est le vrai moyen de ne vous laisser point tromper. En conséquence, je n'ai voulu faillir de vous advertir des desseins qu'on médite contre vous et desquels votre frère cadet Laurent...

SIMON, *voulant reprendre la lettre.*

Ah ! oui... je sais ce que c'est.

RACHEL, *après avoir jeté un regard soupçonneux sur Simon, continuant.*

«... serait en secret l'instigateur... J'apprends que vos ennemis vous accusent sournoisement auprès de M. votre père d'avoir trempé dans les menées et intelligences qui m'ont livré la ville de Vienne l'été dernier. Vous verrez par les lettres que je vous fais tenir en même temps que la présente...

SIMON.

Inutile d'aller plus loin.

RACHEL, *continuant.*

«...quels ont été les véritables auteurs de la trahison...

SIMON.

Donnez !

RACHEL.

Signé : « Des Adrets... A M. Louis de Maugiron, Comte d'Ygié... »

SIMON, *lui reprenant la lettre et lui en donnant une troisième.*

Celle-ci doit être plus intéressante.

(Rachel hésite à prendre la lettre que lui tend le geôlier, les yeux fixés sur Simon, cherchant à pénétrer sa pensée.)

RACHEL, *à part, après avoir pris la lettre.*

Comment les papiers qui ont appartenu à Louis de Maugiron se trouvent-ils dans les mains de cet homme? (*Elle ouvre la lettre, mais à peine y a-t-elle jeté les yeux, qu'étouffant un cri de surprise*) Simon... qui t'a donné cette lettre ?

SIMON.

Qui ?... Grégoire... un des soldats qui sont de garde à la Tour...

(Moment de silence.)

RACHEL, *après avoir examiné attentivement la chambre du geôlier.*

Simon, quelqu'un sort d'ici.

SIMON.

Des amis sont venus passer la soirée avec moi.

RACHEL.

Non... c'est un homme venu seul qui t'a parlé...

SIMON.

Il n'est venu personne depuis deux heures.

RACHEL.

Simon... un homme sort d'ici, te dis-je?... Tiens (*Montrant la chaise près de la cheminée*) il s'est assis là... près du feu... pour se réchauffer... et... comme il avait soif... sans doute... tu lui as offert à boire... (*Elle montre les deux verres restés sur la table.*)

SIMON, *riant.*

C'est Grégoire... qui m'apportait ces papiers...

RACHEL.

Grégoire... le soldat... il est donc monté en grade, car voici un gant d'officier. (*Elle ramasse le gant que Louis de Maugiron a laissé tomber près de la table.*)

SIMON.

Ah! je n'y pensais plus... M. le Gouverneur de Vienne est venu, dans la soirée, me parler d'affaires...

RACHEL, *à part.*

Me tromperais-je?... Cependant le trouble de cet homme... ses réponses embarrassées... (*Haut*) Ainsi tu persistes à soutenir que c'est un de tes amis... Grégoire, qui t'a remis ces lettres?

SIMON.

C'est la vérité... je le jure!

RACHEL.

N'outrage pas Dieu!... Je ne te demande pas de serments... Mais pourquoi mens-tu?... Cette lettre était dans un coffret... ne nie pas!... un coffret recouvert d'un émail en forme de damier (*Simon atterré reste muet*) Qui a ouvert ce coffret?

SIMON.

Eh bien... c'est moi.

RACHEL.

Toi ?... Tu n'en connaissais pas le secret !

SIMON.

J'ai brisé le couvercle avec mon poignard...

RACHEL.

Tu mens !... Il aurait fallu un marteau... la cassette était en fer... Mais malheureux ! Ton ignorance t'a trahi... tu ne sais pas lire... sans quoi tu aurais vu que cette lettre, c'est moi.. moi, entends-tu, qui l'ai écrite.

SIMON.

Vous !

RACHEL.

Tu ne me crois pas... Ecoute (*Elle lit*) « Mon cher Louis. Je me sens bien malheureuse... Que faites-vous loin de moi, mon cher maître et seigneur... Ne songez vous pas à m'oublier auprès de quelque belle dame de la cour ?.. Mais je vous accuse à tort... Vous m'avez dit qu'un pasteur protestant bénirait notre union... J'attends, confiante et heureuse, le jour où il me sera permis de vous donner ce cher titre d'époux !... Celle qui vous aime de toutes les tendresses de son âme... Rachel Lévy.»

(Simon qui a essayé, à plusieurs reprises, de reprendre la lettre, pousse un cri de colère. Rachel, dans un grand coup de joie, le regarde d'un air de triomphe et de défi. Subjugué, le geôlier baisse la tête et recule jusqu'à la table. Rachel aperçoit alors la bague que Simon a trouvée dans la cassette et qu'il a laissée sur la table ; elle s'en empare, l'examine.)

RACHEL.

Ciel ! (*Montrant la bague à Simon*) Et cette bague... est-elle à toi ?

SIMON.

Sans doute !

RACHEL.

Mais pourquoi, Simon, chercher à me tromper ?... Tu ne vois donc rien là... tout autour ?... Si... tu vois quelque chose... mais tu ne sais pas ce que c'est... Eh bien ! Ce sont des lettres... des lettres qui parlent... et qui disent... à ceux qui savent lire : « Cette bague est l'anneau de mariage de Louis de Maugiron avec Rachel Lévy ! »

SIMON, *lui saisissant les mains dans un accès de rage.*

Ah ! Taisez-vous !

RACHEL.

Misérable !... Tu peux me briser les bras... me torturer... me tuer ! Mais tu n'empêcheras pas ma joie d'éclater... car l'homme qui sort d'ici, c'est Louis de Maugiron !.

Fin du deuxième acte.

ACTE TROISIÈME

3me TABLEAU

Une Fête chez Laurent de Maugiron

Les Jardins du Château d'Ampuis.— Sur le devant de la scène, une allée d'arbres; à droite, le château avec perron central. L'allée se continue à gauche. — Derrière l'allée, des pelouses bordant une pièce d'eau avec massifs d'arbustes, parterres de fleurs, statues. — C'est fête au Château. Les appartements sont brillament éclairés. Par intervalles, on entend une musique de danse. Des groupes d'invités traversent le jardin. Il fait nuit.

SCÈNE PREMIÈRE

LAURENT DE MAUGIRON, PIERRE DE SAINT-MARC.

Les deux hommes se rencontrent et s'abordent le masque à la main.

SAINT-MARC.

Mes compliments, cher comte; votre fête est charmante.

LAURENT.

Mes invités sont satisfaits ?

SAINT-MARC.

Vous les traitez en prince; une vraie fête vénitienne;

des salons tout flamboyants de l'éclat des lumières, des jardins baignés par contre dans cette demi-obscurité chère aux poètes, qui invite aux doux propos et à la rêverie ; de riches toilettes, de brillants costumes... avec cela, l'élite des beautés du Dauphiné et du Lyonnais !... Eh mais ! voici qui achève le tableau et complète l'illusion... le bravo de Venise en costume authentique !

(On voit aller et venir dans le fond un masque en costume de bravo.)

LAURENT.

Je n'avais pas encore aperçu ce masque. Il me semble pourtant avoir reconnu tous mes invités.

SAINT-MARC.

C'est qu'il parait prendre son rôle au sérieux, recherchant les coins obscurs et regardant autour de lui en homme qui craint d'être vu...

LAURENT.

On dirait qu'il épie quelqu'un...

(L'homme disparait)

SAINT-MARC.

Il en a tout l'air, morbleu !.. Mais il s'est sans doute aperçu que nous l'observions...

LAURENT.

Il faut que je sache qui est ce masque (*Arrêtant un domestique qui passe, il lui parle à voix basse.*)

(Le domestique sort par le fond.)

SAINT-MARC, *à part.*

Bah ! quelque mauvais plaisant... qui veut être spirituel...

LAURENT, *à Saint-Marc, avec enjouement.*

Vous avez une façon si aimable de complimenter, que, tout à vos louanges, j'allais en oublier de vous féliciter moi-même de vos nouveaux succès...

SAINT-MARC.

Quels succès ?

LAURENT.

Mais prenez garde !... Vous êtes en train de vous brouiller avec nos grandes dames !... Fi !.. cher ami, une juive !

SAINT-MARC.

Il y a des anges dans le paradis de Moïse tout comme dans le nôtre.

LAURENT.

On raconte que vous auriez, à deux reprises, serré votre ange de si près que ses ailes ne l'eussent pas sauvé... sans un secours providentiel.

SAINT-MARC.

Le hasard—j'aime à le croire—a mis, en effet, deux fois entre elle et moi le même homme.

LAURENT.

Et vous savez sans doute quel est ce nouveau Saint-Georges qui sauve les anges israélites des griffes du démon ?

SAINT-MARC.

Un gentilhomme protestant.

LAURENT, *riant.*

Oh ! une véritable affaire de religion, alors ! Une juive !... un huguenot !

SAINT-MARC.

M. de la Tour, comme gentilhomme et comme soldat, a droit à tous les respects.

(Le domestique envoyé par Laurent à la recherche du bravo rentre.)

LAURENT.

Eh bien ?

LE DOMESTIQUE

Je n'ai pu retrouver ce masque.

LAURENT.

Comment ?... Mais le voici encore !... là bas... de l'autre côté de la pièce d'eau.

(Le domestique sort.)

LAURENT.

En vérité... voilà qui tient de la magie... encore disparu ! (*Moment de silence — Baissant le ton.*) Saint-Marc, ne vous a-t-il pas semblé que c'était nous que cet homme observait ?

SAINT-MARC.

J'ai cru remarquer qu'il regardait de notre côté.

LAURENT.

Et cela ne vous a pas paru... singulier ? (*A voix basse*) : Je suis inquiet, Saint-Marc.

SAINT-MARC.

Inquiet ? Vous ?

LAURENT.

Manquez-vous de mémoire ?... Ah ! Saint-Marc... comme une faute de jeunesse assombrit les années de l'âge mûr !... On ne réfléchit pas... On cède à l'entraînement du plaisir... de la passion... C'était, à la suite d'une soirée folle où nous avions perdu au jeu.... vous, votre solde d'une année... moi... je ne sais plus combien de fois la pension que me faisait mon père... Un émissaire de des Adrets, adroitement, s'offrit à réparer les torts de la fortune... et depuis... depuis !... On me croit heureux.. oui... la chance n'a cessé de me favoriser... tout prospère autour de moi... je suis riche, puissant !... honoré... hélas !... Ce bonheur acharné, loin de calmer mon anxiété,... la redouble !... Ah ! Saint-Marc... s'il allait être prouvé que Louis de Maugiron était innocent et que le coupable...

SAINT-MARC.

Mais c'est ce qu'on ne prouvera jamais !.. Les lettres que nous eûmes l'imprudence d'écrire, des Adrets s'est engagé sur l'honneur à les détruire... et les morts ne reviennent pas !... Aussi... est-ce que je tremble, est-ce que j'ai peur, moi ?... Et pourtant... ce crime, que vous nommez complaisamment une faute... m'a coûté affreusement !.. Pauvre et d'une famille obscure, ne devant mon élévation qu'à moi-même, je n'avais qu'un bien à garder: l'honneur!... et j'en ai fait l'enjeu de cette partie désespérée.... fatalement entraîné par l'exemple de tant d'autres, par celui de des Adrets lui-même qui venait de trahir les catholiques au profit des protestants et qui, depuis, a trahi ces derniers à leur tour!... Un homme, d'ailleurs, a porté le poids de notre crime... mais si je profite de l'erreur dont il a été victime, je puis, du moins, me rendre ce témoignage que je n'ai été pour rien dans la condamnation qui l'a frappé.

LAURENT.

La différence de nos conditions fait aussi que nous n'apprécions pas les choses de la même façon. Je suis père, et la crainte que mes enfants aient à rougir de moi, sans cesse est présente à ma pensée... m'obsédant jour et nuit !... Vous... seul au monde, vous vivez sans autre souci que de savoir quelle sera la maîtresse du lendemain qui remplacera celle dont vous commencez à vous lasser !... Heureuse insouciance !..

SAINT-MARC.

Elle n'empêche ni le regret, ni le repentir, croyez-le.

LAURENT.

On vient !... Oublions l'un et l'autre cette conversation... et puissent mes appréhensions être chimériques !

(Plusieurs invités traversent la scène.)

UNE DAME, *à Laurent.*

Votre absence est remarquée, cher comte;.. vos invités vous réclament dans la salle de bal.

LAURENT *lui offre le bras et sort avec elle.*

SCÈNE II

SAINT-MARC, puis SIMON TRAYNARD.

SAINT-MARC.

Malheureuse nature que l'orgueil et l'ambition ont fait dévoyer !... Comme Dieu te châtie bien par tes propres vices !... Orgueilleux... le souvenir de ton crime est là, constant, acharné, qui te reproche ta bassesse et ta honte ! Ambitieux... sans cesse tu trembles à la pensée que ta fortune, ta puissance sont à la merci d'un hasard qui justifierait l'innocent que tu fis condamner !

(Simon Traynard, costumé en bravo, entré en scène depuis un moment, s'approche vivement de Saint-Marc.)

SIMON.

Enfin... vous êtes seul... je puis vous aborder !

SAINT-MARC.

Dieu me damne !... c'est la voix de Simon !

SIMON.

Et Simon Traynard en chair et en os qui, pour arriver jusqu'à vous, n'a rien imaginé de mieux que de revêtir ce dernier oripeau de sa splendeur passée.

SAINT-MARC.

Qu'as-tu donc de si pressé à m'apprendre ?

SIMON.

J'ai mis la main sur l'homme que vous cherchez.

SAINT-MARC.

Déjà !

SIMON.

Le hasard m'a bien servi, je dois l'avouer. Mais on pourrait nous remarquer... je me sauve. Attendez-moi chez vous au petit jour... je vous dirai où est le Capitaine Jacques de la Tour, et vous n'aurez plus qu'à l'aller prendre.

(Il sort.)

SCÈNE III

SAINT-MARC, seul.

SAINT-MARC.

Ce Simon Traynard n'a décidément pas son pareil pour l'intelligence et l'adresse... Oh ! je ris de la mine déconfite que va faire le chevalier de la belle Débora !... La foule se porte de ce côté. (*Il remet son masque.*) Sans doute quelque surprise que nous ménage notre amphitrion.

Des valets éclairent l'allée avec des lanternes de couleur.

SAINT-MARC *à une femme masquée, en lui offrant son bras.*

Pouvez-vous me dire, charmante bergère, pourquoi les invités de M. de Maugiron désertent les salons pour le jardin et le motif de cette illumination ?

LA DAME.

On annonce un divertissement par des danseurs italiens.

SAINT-MARC.

Une attention pour Monseigneur le Grand Chancelier qui est un ami de sa Majesté la Reine Mère. (*Ils se perdent dans la foule en causant.*)

SCÈNE IV

Le GRAND CHANCELIER DE L'HOSPITAL, LAURENT DE MAUGIRON, GENTILSHOMMES de la suite du Chancelier; INVITÉS.

Le Grand Chancelier entre, conduit par Laurent de Maugiron

qui lui fait les honneurs de son château, et prend place sur une estrade. Les invités se rangent sur les deux côtés de la scène. — ENTRÉE DES DANSEURS ITALIENS.

INTERMÈDE ET BALLET.

(Une des Entrées du ballet de Montjoyeux (Baltasarini). LE BALLET COMIQUE DE LA REYNE. (1)

Après les danses, qui s'achèvent au milieu des applaudissements, les invités se dispersent peu à peu; les uns, à la suite du Grand Chancelier, rentrent dans les salons; d'autres gagnent les jardins par le fond et la gauche. L'illumination s'éteint graduellement, et l'allée se retrouve plongée dans une demi-obscurité.

SCÈNE V.

LAURENT DE MAUGIRON, SIMON TRAYNARD, masqué.

(Ils viennent en scène par la gauche.)

LAURENT.

Qui es-tu?

SIMON.

Un homme en mesure de vous rendre un service signalé.

LAURENT.

Parbleu... Laurent de Maugiron, à en juger par ton habit, est plus à même de te procurer honneur et fortune que toi de lui être seulement utile.

---

(1) Paris, Adrien Le Roy et Robert Ballard, 1582. in-4°.

SIMON.

Les petits ne sont pas à dédaigner, M. le comte, quand ils viennent vous avertir d'un danger...

LAURENT.

D'un danger ?

SIMON.

N'y a-t-il pas un homme, que vous avez de bonnes raisons pourtant de croire mort, dont le retour parmi les vivants, si improbable qu'il puisse paraître, serait le renversement de votre fortune ?

LAURENT.

Je ne te comprends pas.

SIMON.

Un homme qui fut... il y a quinze ans, condamné... pour un autre.

LAURENT.

Qui es-tu pour oser me tenir ce langage ?

SIMON.

Mon nom importe moins que celui de l'homme dont je viens vous annoncer le retour.

LAURENT.

Eh bien ?... Quel est-il ?

SIMON.

Monseigneur Louis de Maugiron, comte d'Ygié !

LAURENT.

Mon frère !... vivant ! ressuscité !... Tu es fou !

SIMON.

Comme vous, j'étais incrédule avant de l'avoir vu.

LAURENT.

Tu le connais donc ?

SIMON, *se démasquant.*

Jugez-en !

LAURENT.

Simon Traynard !... Personne ne doit mieux le connaître, en effet !..

SIMON.

Que l'écuyer qui l'a vendu !... Permettez... monseigneur... il y a quelqu'un qui doit le connaître mieux encore !.. C'est le frère qui a acheté la trahison de l'écuyer.

LAURENT.

Misérable !

SIMON.

Monseigneur a toujours le petit mot pour rire... Je suis bien misérable en effet, et c'est pour cela que je suis venu vous proposer... une petite affaire...

LAURENT.

Je ne sais ce que tu veux dire, mais si cela a rapport à mon frère,.. la dalle qui ferme le caveau des Maugiron à Saint-Maurice s'oppose aux résurrections... et je ne crois pas aux revenants.

SIMON.

Et si le corps de Louis de Maugiron n'était pas dans ce caveau ?

LAURENT.

J'y ai vu, de mes yeux, descendre son cercueil.

SIMON.

Et si je vous disais que c'est à la faveur d'une mort simulée que Louis de Maugiron a pu sortir de sa prison ?

LAURENT.

Qui lui en aurait ouvert les portes ?

SIMON.

Ça, je l'ignore ; mais ce que je sais bien, ce que j'affirme, c'est que Louis de Maugiron est vivant... La preuve en est que j'ai reçu sa visite, ce soir même ; je lui ai parlé... et j'ai même pris rendez-vous avec lui pour cette nuit !... Si vous doutez encore, vous n'avez qu'à vous trouver vers une heure et demie dans l'église de Saint-Maurice.

LAURENT.

J'y serai... mais si tu m'as trompé...

SIMON.

Et si j'ai dit vrai !...

LAURENT, *le congédiant.*

C'est bien... (*A part*) Vivant !

(Il sort.)

4me TABLEAU

Le Caveau des Maugiron

La scène qui représente l'intérieur de l'église de Saint-Maurice, de Vienne, est partagée en deux parties, dans le sens de la hauteur, la partie inférieure formant le caveau mortuaire de la famille de Maugiron ; la partie supérieure représentant la nef de l'église. On communique du caveau avec la nef par un escalier dont la porte s'ouvre au fond, derrière la tombe monumentale de Guy de Maugiron qui laisse ainsi derrière elle un espace praticable. D'autres tombeaux de moindre importance sont rangés, avec symétrie, le long des murailles. Au premier plan de droite, la tombe, encastrée dans le mur, d'Hozanne l'Hermite, femme de Guy de Maugiron; à gauche, mais ne joignant pas la muraille, sur un catafalque, un cercueil. Une croix en bois noir, au pied du catafalque, porte l'inscription: « LOUIS DE MAUGIRON. 1554. » Le caveau est plongé dans une obscurité complète. Au dessus du caveau, la « Chapelle des Maugiron.» Porte au fond à gauche ouvrant sur l'escalier qui descend au caveau ; du même côté, un autel de marbre noir. Une grille sépare, dans le fond, la chapelle de la nef de l'église dont on aperçoit une partie en perspective, éclairée par un rayon de lune perçant à travers les vitraux des hautes fenêtres.

SCÈNE VI

LAURENT DE MAUGIRON, SIMON TRAYNARD,

ce dernier dissimulé dans l'ombre; PLUSIEURS HOMMES portant des torches.

Tous dans le caveau.—Le cercueil de Louis de Maugiron est ouvert.

LAURENT, *près du cercueil dont il retient d'une main le couvercle soulevé.*

Malédiction! Le Geôlier a dit vrai... le cercueil est vide!.. (*Il laisse retomber le couvercle du cercueil. Après un moment de réflexion, s'adressant à quelques uns de ses suivants*) Qu'on exécute mes ordres! (*Les hommes sortent par l'escalier du fond; on les voit ensuite traverser l'église*) Où est le geôlier?

SIMON, *avançant une lanterne à la main.*

Je suis là, Monseigneur.

Sur un signe de Laurent de Maugiron, les hommes sortent par la porte du fond: La scène n'est plus éclairée que par la lanterne de Simon Traynard que celui-ci a posée sur le cercueil de Louis de Maugiron, pendant que Laurent va s'assurer, au fond, qu'il n'y a personne aux écoutes.)

SCÈNE VII

LAURENT DE MAUGIRON, SIMON TRAYNARD.

LAURENT.

Ainsi l'homme qui t'a parlé est bien Louis de Maugiron? Tu n'as point fait erreur?.. Tu l'as reconnu?

SIMON.

Vous aurais-je dérangé sans cela?

LAURENT.

Sais-tu le nom sous lequel il se cache ?

SIMON, *hésitant à répondre.*

Monseigneur...

LAURENT.

Attends... je me souviens... ce gentilhomme qui fit prisonnier M. de Saint-Marc à la Porte de Lyon... son visage me frappa, mais son nom m'était inconnu. Un soldat le dit, ce nom ; Saint-Marc me le répétait, il y une heure à peine. (*Cherchant dans sa mémoire*) Jacques... Jacques....

SIMON.

Jacques de la Tour, Monseigneur.

LAURENT.

C'est cela ! (*A part*) Et je ne l'ai pas reconnu, deviné alors !.. Je n'étais qu'à quelques pas de lui... (*Haut*) Il doit venir ici, cette nuit, m'as-tu dit?

SIMON.

Si je l'amène, Monseigneur.

LAURENT.

Et tu l'amèneras ?

SIMON.

C'est selon....

LAURENT.

Comment, drôle ?

SIMON.

Toujours vos petits mots pour rire... (*Mouvement de dépit de Laurent de Maugiron*) Dame ! la chose vaut la peine qu'on y réfléchisse. Il m'a promis une forte récompense...

LAURENT.

S'il sort d'ici sain et sauf... (*Signe d'assentiment de Simon Traynard*) Et comme je serai là.. Combien t'a-t-il offert, le ressuscité ?

SIMON.

Deux cents écus d'or. (*S'enhardissant*) C'est qu'il a des projets....

LAURENT.

Des projets... les connais-tu ?

SIMON.

Ils se devinent.

LAURENT.

Il veut se venger, n'est-ce-pas ?

SIMON.

Aussi me suis-je hâté de vous avertir.

LAURENT, *à part.*

Il doit tout savoir... Ce Simon Traynard, au besoin, pour se faire pardonner sa trahison, me vendrait... (*Haut*) Je double la somme qu'il t'a promise, si tu l'amènes...

SIMON.

Oui... mais voilà!.. on m'en offre un peu plus pour le livrer... (*Étonnement de Laurent de Maugiron*) Vous pensez bien que je n'ai pas imaginé la ruse qui va le mettre en mes mains, sans y avoir été fortement sollicité.

LAURENT.

Mais qui donc a intérêt à s'emparer de lui ?

SIMON.

Je ne l'ai pas demandé... mais sûrement c'est quelqu'un de haut placé... comme qui dirait quelqu'un de la cour.

LAURENT, *étonné.*

De la cour?

SIMON.

Même qu'il m'a parlé de certaines lettres qu'un gentilhomme aujourd'hui en faveur, mais que ses ennemis ne seraient pas fâchés de perdre, aurait écrites... dans le temps... au baron des Adrets...

LAURENT.

Tu dis?...

SIMON.

Une de ces lettres contiendrait la preuve que ce gentilhomme aurait livré Vienne aux protestants.

LAURENT.

Mais quel rapport y a-t-il entre ces lettres et l'arrestation de Jacques de la Tour?

SIMON.

De Louis de Maugiron, s'il vous plait... condamné à la place du coupable, et à qui le baron des Adrets a remis ces lettres pour sa justification.

LAURENT, *à part.*

Malédiction !.. ma fortune, mon honneur, ma vie au pouvoir d'un ennemi implacable!... (*Il marche avec agitation*) Ah ! je les croyais détruites, ces lettres fatales; je les croyais anéanties, ces preuves de ma faute.. de mon crime !.. Ah ! mes terreurs, dont Saint-Marc se moquait, mes terreurs n'étaient que trop justifiées!.. Des Adrets m'a trahi !.. Je m'étais fié à sa parole de soldat, et lui... l'homme sans foi... il a violé son serment !.. mais tout n'est pas encore désespéré. (*Haut*) Simon, que veux-tu pour l'amener ?..

SIMON.

C'est que...

LAURENT.

Prends-garde !.. je puis me venger sur toi !..

SIMON.

Eh !.. Monseigneur... personne n'a plus envie que moi de vous servir... mais songez que l'homme qui m'a proposé de lui livrer votre frère, m'a tout l'air d'être venu de la part de Monseigneur le grand Chancelier... S'il voit que l'occasion de châtier un coupable lui échappe par ma faute...

LAURENT.

On vient... Pas un mot devant ces hommes...

SCÈNE VIII

LES MÊMES, TROIS SERVITEURS du Comte.

(Trois serviteurs de Laurent de Maugiron, qui viennent de traverser l'église et sont descendus par l'escalier du fond, entrent dans le caveau. Deux d'entr'eux portent un paquet volumineux; le troisième les éclaire avec un falot. Laurent leur fait signe d'attendre ses ordres. Ils se tiennent dans le fond du caveau.)

SIMON, *à part.*

Je crois que j'ai touché juste... Tends ton escarcelle, Simon Traynard... il va pleuvoir de l'or !..

LAURENT, *revenant à Simon Traynard, bas et vite.*

Mille écus, si tu l'amènes...

(Simon hésite un instant. — Deux heures sonnent à l'horloge de l'église : c'est l'heure fixée pour son rendez-vous avec Jacques de la Tour. Se décidant, il tend la main. Laurent de Maugiron lui jette sa bourse. Simon sort.)

LAURENT, *triomphant.*

Ah !... (*Il fait signe à ses serviteurs d'approcher*) Mettez cela dans le cercueil... (*Les serviteurs étendent dans le cercueil des ossements contenus dans un drap.*) C'est bien... (*Les congédiant*) Allez !..

(Les serviteurs sortent.)

SCÈNE IX.

LAURENT DE MAUGIRON, seul.

Et maintenant, Louis de Maugiron, quand tu vas te trouver en face de ce cadavre, oseras-tu soutenir encore que tu es mon frère !.. Ah ! tu ressuscites après être resté seize années dans le silence et l'oubli de la tombe !.. Ah ! tu sors menaçant de ton cercueil et les preuves de ma trahison en mains, tu prétends me disputer mes titres et ma fortune. Imprudent !.. Crois-tu que ces dignités, ces biens qui devraient t'appartenir comme à l'aîné, et dont je t'ai dépouillé, moi, ton frère cadet, deshérité par la loi, crois-tu que je te les restituerai sans combat... Mon honneur, ma vie, crois-tu que je te les livrerai sans bataille !.. Je ne songeais pas à toi pourtant... c'est toi, toi seul qui me provoques à cette lutte fratricide, et si du sang doit y être encore répandu, je prends Dieu à témoin que c'est toi qui m'y auras contraint...

SCÈNE X.

LAURENT DE MAUGIRON dans le caveau;
JACQUES DE LA TOUR et SIMON TRAYNARD dans l'église.

(Simon Traynard marche le premier, portant une lanterne sourde, un levier et une corde; Jacques de la Tour le suit, l'épée à la main.)

SIMON.

Vous êtes sûr que personne ne nous a vu entrer ?

JACQUES DE LA TOUR.

Que crains-tu ? Nous sommes armés.

SIMON.

C'est que l'entreprise est périlleuse, Monseigneur.

JACQUES DE LA TOUR.

Bah ! aurais-tu peur des revenants ?

SIMON.

De moins poltrons trembleraient en vous voyant.

JACQUES DE LA TOUR.

Un revenant !.. Oui... je suis un revenant... mais inoffensif et qui n'a qu'un but dans son voyage sur la terre : retrouver ceux qu'il aime... Allons... ne perdons pas de temps... c'est ici... Voici la dalle que nous devons soulever.

LAURENT.

Ce Simon ne revient pas... Les minutes me semblent des siècles.

(Simon Traynard dispose ses outils pour soulever la dalle.)

JACQUES DE LA TOUR.

Attends !.. Est-ce donc, mon Dieu, votre main qui me retient sur le bord de cette fosse ?..Mon cœur bat.. ma vue se trouble... Je tremble !.. C'est un crime que je vais commettre... un crime affreux... Violer une tombe !. la tombe de mes ancêtres !. Ah ! je n'en aurai pas le courage...

SIMON.

Eh bien ! qu'attendons-nous ?.. Vous hésitez !.. Je comprends... vous êtes moins sûr que tantôt de ne pas trouver dans son cercueil le cadavre de Louis de Maugiron... C'est bien... N'allons pas plus loin... c'est inutile... mais du diable ! si je livre la femme et les enfants de mon ancien maître à un imposteur...

JACQUES DE LA TOUR.

Un imposteur !.. et ma femme... mes enfants à jamais perdus !.. Ah ! Simon !.. Simon ! Ah ! comme tu te railles de ma misère... Mais quel besoin as-tu de me rendre sacrilège ?.. Tu veux la preuve que je suis Louis de Maugiron... mais cette preuve... elle est dans ta conscience... dans tes remords... (*Simon Traynard hausse les épaules*) Non? Eh bien, soit !.. je trouverai un autre moyen de te prouver qui je suis...

SIMON.

Celui-ci était si simple... si convaincant... et demain... dans quelques heures, je mettais dans vos bras Rachel Lévy et ses enfants !..

JACQUES DE LA TOUR.

Ah ! démon ! démon !..

SIMON.

Allons! puisque nous avons tant fait de venir jusqu'ici, qu'un vain scrupule ne vous arrête pas sur le chemin du bonheur !... (*Il place le levier dans l'anneau de la dalle*) Un coup de main...

JACQUES DE LA TOUR.

Ah! mon Dieu, tu pouvais faire un miracle en attendrissant le cœur de cet homme... mais la tentation est trop forte... Pardonne moi... il s'agit du salut de ma femme et de mes enfants!

(Simon Traynard sans attendre l'aide de Jacques de la Tour attaque la dalle avec son levier.)

LAURENT, *à part.*

Ce bruit... C'est lui... enfin!.. A nous deux, mon frère aîné... (*Il éteint sa lanterne et se cache derrière le tombeau de Guy de Maugiron, dans le fond.*

(Obscurité complète dans le caveau.)

SIMON *qui est parvenu à déplacer la dalle,*

Victoire ! (*Se penchant au dessus de l'ouverture*) Il s'agit de descendre..., (*Déroulant l'échelle de corde dont il attache un bout au levier placé en travers de l'ouverture)* A vous l'honneur, mon Capitaine.

JACQUES DE LA TOUR.

Passe le premier.

SIMON.

Vous vous défiez toujours de moi... vous avez tort... Ce n'est pas si profond que je croyais... Dix pieds à peine... *(Il descend par la corde)* Passez-moi la lanterne... A vous maintenant...

(Jacques de la Tour descend.)

(Le reste de la scène se passe dans le caveau.)

JACQUES DE LA TOUR, *après un moment de silence pendant lequel Simon Traynard remonte dans le fond pour s'assurer de la présence de Laurent.*

Le Tombeau de ma famille !... Et c'est en prenant la nuit pour complice, c'est à l'aide de cordes et de leviers, comme un vulgaire malfaiteur... qu'un Maugiron entre ici ! Ah ! pardonnez-moi, cendres vénérées de mes ancêtres, de venir troubler votre repos.... *(Lisant une épitaphe)* « HOZANNE L'HERMITE. » Ma mère ! *(S'agenouillant)* Ma mère !.. Toi seule aimas toujours l'infortuné Louis !.. mère adorée... Alors qu'un frère dénaturé m'accusait faussement de sa propre félonie, qu'un père égaré me condamnait sans vouloir entendre ma défense, toi dont l'amour en vain avait tenté de désarmer ses juges, tu brisas les fers du condamné !.. Ah ! sois bénie, ma mère, sois bénie !.. *(Se relevant, il va au tombeau de Guy de Maugiron)*

Je ne t'accuse pas d'avoir été injuste, Guy de Maugiron, mon père !.. On t'a trompé !.. Un autre, mieux que moi, savait le chemin de ton cœur... Sois pardonné là haut de l'avoir cru!.. (*Après quelques instants de silence, se redressant*) Et maintenant, je suis fort... maintenant je ne me sens plus criminel. Croulez sur moi, voutes du Temple, si je ne suis pas Louis de Maugiron, si la main que je vais porter sur ce cercueil que je sais vide, est une main sacrilège. (*Il va vivement au cercueil qui est sur le catafalque à gauche. Au moment où il va briser la serrure du coffre avec son poignard, son regard tombe sur la croix ; lisant l'inscription* :) « LOUIS DE MAUGIRON. 1554 » Un nom... une date... c'est là qu'aboutit la vie d'un homme... Le temps ronge les chiffres... l'oubli efface le nom... et plus rien... non... il y a l'âme qui retourne à Dieu et les vertus qu'on laisse qui fructifient sur la terre... (*Se décidant*) Simon... éclaire donc ! (*Simon qui affectait un air indifférent, s'approche vivement. — On entend un craquement sourd : la serrure du cercueil est brisée; Louis de Maugiron arrache le couvercle* ;) Ah ! je suis fou !.. mes yeux se troublent !.. (*Il tire à lui le suaire et recule atteré* ;) Un cadavre !..

SCÈNE XI.

LOUIS DE MAUGIRON, SIMON TRAYNARD, LAURENT DE MAUGIRON, puis SERVITEURS de Laurent de Maugiron.

LAURENT, *ouvrant la porte de l'escalier.*

A moi, Maugiron !..

(A cet appel, les serviteurs du comte, en armes, quelques uns portant des torches, descendent de l'église où ils étaient groupés et envahissent le caveau.)

LAURENT, *montrant Louis de Maugiron.*

Saisissez-vous de cet homme !..

(Les serviteurs se jettent sur Louis de Maugiron qui ne songe même pas à résister.)

LOUIS, *à la vue de son frère a compris l'odieuse ruse dont il vient d'être victime ; avec une amère ironie :*

Laurent !..

(Simon Traynard, pour se donner une contenance, s'est accroupi sur une pierre et y affile son poignard.)

LAURENT, *à Louis de Maugiron.*

Quel est ton nom ?..

LOUIS.

Mon nom ?..

LAURENT, *baissant la voix.*

Louis de Maugiron est couché dans ce cercueil... Qui donc es-tu ?... (*Haut*) Tu ne réponds pas... C'est pour voler, n'est-ce-pas ? que tu as forcé l'entrée de ce caveau ?.. Voleur et sacrilège... Qu'on l'emprisonne... Je me réserve de prononcer sur son sort...

LOUIS, *se redressant.*

Prononcer sur mon sort !..

LAURENT.

Qu'on exécute mes ordres !..

LOUIS.

Malheureux !.. Songe que notre père, notre mère... tous nos aïeux sont là... qu'ils te voient... qu'ils te jugent !

ACTE QUATRIÈME

5me TABLEAU

Les Deux Frères

Un cachot. Murailles nues. A gauche un soupirail garni de barreaux de fer, placé très haut. Au fond, la porte. Sur la gauche, au premier plan, un poteau servant à enchaîner les prisonniers ; au pied du poteau, un peu de paille. Nuit complète.

SCÈNE PREMIÈRE

Au lever du rideau, la scène est vide. La porte s'ouvre et Louis de Maugiron entre amené par des soldats ; il est garotté.

LOUIS DE MAUGIRON, SOLDATS, GEÔLIERS dont quelques-uns portent des falots, et LAURENT DE MAUGIRON qui se dissimule derrière les soldats ; puis LOUIS DE MAUGIRON et LAURENT DE MAUGIRON seuls.

(Les geôliers s'emparent de Louis de Maugiron et l'attachent au poteau, puis se retirent.)

LOUIS.

Misérable Simon !.. C'est lui encore qui m'a trahi, livré à mon frère !. (*Reconnaissant Laurent qui, après avoir congédié d'un signe les geôliers, s'est approché du prisonnier*) Ah ! c'est vous... Laurent !.. Le bourreau vient se repaître du désespoir de sa victime !..

LAURENT.

Il n'y a ici ni bourreau, ni victime...

LOUIS.

Si vous le préférez... il y a deux frères... deux frères dont l'un déteste l'autre... dont l'un s'est fait depuis vingt ans l'ennemi le plus acharné de l'autre.

LAURENT.

Je ne suis pas votre frère.

LOUIS.

Auriez-vous acheté ma tête à Simon Traynard si je n'étais qu'un vulgaire malfaiteur comme j'ai bien voulu le laisser croire à vos valets pour l'honneur de notre famille.

LAURENT.

De mon côté, j'entends éviter les indiscrétions de la Justice.

LOUIS.

Ah ! c'est la première fois que nous sommes d'accord... et tu viens m'annoncer mon arrêt ?..

LAURENT.

On punit de mort les violateurs de tombeaux...

LOUIS.

Comment donc ?.. mais c'est trop juste !.. je me suis permis de constater qu'on avait commis un sacrilège en introduisant des os ramassés au charnier dans la tombe d'un Maugiron !..

LAURENT.

Je ne veux pas, cependant vous faire mourir... vous vivrez... mais enfermé pour le restant de vos jours.

LOUIS.

Et enchaîné sans doute comme je le suis, avec une botte de paille pour litière... l'admirable clémence !...

LAURENT.

Non... ce surcroît de peine vous sera épargné... ainsi que la solitude. Un homme dévoué à mon service, tout en vous surveillant, vous tiendra compagnie... Mais comme en dépit des précautions, vous pourriez bien m'échapper encore, à mes bontés je mets une condition...

LOUIS.

Laquelle ?..

LAURENT.

Vous signerez ce papier...

LOUIS.

Qui contient ?..

LAURENT.

Lisez vous-même, je ne veux pas de surprise. (*Il détache la chaîne qui retenait Louis au carcan.*)

LOUIS, *ironique.*

Merci, Laurent !... (*Mouvement de dépit de Lau-*

rent. Louis prend le papier que lui tend Laurent, celui-ci l'éclaire avec la lanterne ; lisant). « Devant Dieu, sur l'Evangile et mon honneur de gentilhomme, moi soussigné, Jacques de la Tour, autrefois page au service de Messire Guy de Maugiron... déclare librement et certifie que Messire Louis de Maugiron, comte d'Ygié, fils aîné du dit sieur Guy de Maugiron, de qui j'ai partagé la captivité après sa condamnation, est décédé de sa mort naturelle, dans sa prison à Vienne, le 28 décembre 1554. » (*Froissant le papier et le foulant aux pieds*) Louis de Maugiron ne signera pas ce mensonge !

LAURENT, *ramassant le papier.*

Louis de Maugiron est mort, et tu n'es qu'un imposteur...

LOUIS.

Eh bien ! tue-moi donc... si tu ne crains pas qu'on n'ajoute aux titres que tu m'as volés celui de fratricide, qui sera bien à toi !

LAURENT.

En refusant de certifier que Louis de Maugiron est mort, vous avouez le dessein de vous servir de son nom contre moi !..

LOUIS.

Ainsi le sentiment de l'honneur ne suffit pas à t'expliquer la répugnance d'un Maugiron à racheter sa vie par une lâcheté ! Ce qui te préoccupe, c'est la pensée que je puis te demander compte du passé... la crainte que je ne vienne te réclamer l'héritage de notre père !

Oui, grâce à ma disparition, tu as pu devenir comte de Maugiron, seigneur de Montléans, Beauvoir, Mérieu, La Roche et autres lieux, ce qui t'a mis en situation d'être nommé Lieutenant général du Dauphiné... Et si j'allais reparaître, ces terres, ces châteaux, ces titres, toute cette fortune qui m'appartient comme à l'aîné de la famille, me reviendraient.. n'est-ce pas ? c'est cela que tu redoutes ?..

LAURENT.

Songe que j'ai trois fils et deux filles... trois fils fiers de mon nom, fiers de mes titres !.. j'ai pour gendres les représentants des deux plus puissantes familles du Dauphiné... après la nôtre !.. Que diraient mes enfants, que penseraient mes gendres, si ces biens, ces titres, ces honneurs ne m'appartenaient plus... si j'allais ne plus être comte de Maugiron.

LOUIS.

Oui... voilà bien le secret de ta haine contre moi !.. Si la fortune avait fait de toi l'aîné, si elle t'avait donné le droit d'hériter seul des biens et des titres de notre père, tu ne m'aurais point haï... nous vivrions heureux, côte à côte, en bons frères !.. mais l'aveugle elle avait désigné pour la richesse et les grandeurs le frère sans ambition, ne laissant à l'ambitieux que le dépit et l'envie !..

LAURENT.

Trouves-tu la répartition juste ?

LOUIS.

Non ! le droit d'aînesse est le fléau de la famille. C'est la haine entre les frères... le crime quelquefois. (*Laurent baisse la tête*) Rassure-toi ; si j'envie quelque chose à ton bonheur, Laurent, ce n'est ni la puissance ni la fortune... Ah ! tu es heureux, toi, d'avoir vu grandir tes enfants ; d'avoir senti leurs caresses quand ils étaient petits ; d'être fier d'eux aujourd'hui qu'ils sont des hommes !.. moi je ne sais pas même ce que sont devenus les miens.

LAURENT.

Tes enfants ?..

LOUIS.

Deux jumeaux, venus au monde pendant ma captivité... il y a dix-huit ans... C'est eux que je m'obstinais à chercher à Vienne ; c'est eux que le misérable Simon Traynard avait promis de me rendre !..

LAURENT.

Tu veux parler sans doute des enfants de Rachel Lévy ?.. Ignores-tu donc qu'ils n'ont pas vécu ?..

LOUIS.

Morts !. . Ils sont morts !..

LAURENT.

Ils étaient si jeunes, si faibles quand on les sépara de leur mère...

LOUIS.

Ciel !... non... Loin de moi cette pensée horrible ! « Profitant du sommeil de leur mère, me disait

L'Hercule, un homme masqué enleva les enfants! » Et ils sont morts, dis-tu ! Ah ! dis plutôt qu'on les a tués !.. Tu pâlis !.. car c'est toi l'assassin !..

LAURENT.

Moi !..

LOUIS.

Et leur mère aussi, sans doute ?.. tu as tué Rachel Lévy... n'est-ce-pas ?.. Mais quel était leur crime ?.. Réponds! Moi,j'étais l'aîné,et ta misérable jalousie, ton infâme ambition pouvaient me sacrifier... mais ces pauvres enfants... cette femme sans défense... en quoi te portaient-ils ombrage... qu'avais-tu à leur envier ?.. (*Moment de silence*) Ainsi tu les as tués...

LAURENT.

Non... non ! ne le crois pas...

LOUIS.

Mais avoue donc ton crime,misérable (*Saisissant ses chaînes à deux mains*) que je te rende ce que tu as fait à mes enfants !..

LAURENT *reculant, un pistolet à la main.*

Holà ! quelqu'un !.. (*Plusieurs hommes entrent à son appel*) Emparez-vous de ce furieux !.. rattachez-le au carcan par le cou, par les reins, par les pieds... et s'il tente de s'évader, pas de pitié ! (*Les serviteurs après s'être emparés de Louis de Maugiron et l'avoir rattaché au carcan, se retirent dans le fond.*)

LAURENT, *s'approchant de Louis de Maugiron, à voix basse.*

Jacques de la Tour, le cadavre que j'ai fait placer dans le cercueil de Louis de Maugiron, me répond assez de mon titre de comte;.. au besoin une main complaisante signera cette attestation... et tu ne seras plus là pour la démentir.

LOUIS.

Il y a un Dieu, Laurent !..

LAURENT, *à part.*

Quant à mes lettres à des Adrets, il faudra que Simon Traynard m'aide à les retrouver.

(Il sort après avoir jeté un regard de défi haineux à Louis de Maugiron; les geôliers sortent derrière lui, à l'exception d'un seul qui est resté dans le fond du cachot pendant que les autres enchaînaient le prisonnier.)

SCÈNE II.

LOUIS DE MAUGIRON, L'HERCULE.

LOUIS.

Ah ! ne pas mourir au moins sans être vengé ! Mon Dieu ! mon Dieu! Viens à mon aide !

L'HERCULE, *se montrant.*

Maître... Dieu est juste !

LOUIS.

L'Hercule!.. Comment te trouves-tu ici ?..

L'HERCULE.

Le plus naturellement du monde ! je vous suivis lors que les archers vous amenaient... Dame ! je faisais d'assez tristes réflexions... lorsque tout à coup je me rappelai que j'avais un ami dans la prison... Ferret, le geôlier en chef, un ancien camarade de mon oncle... vous savez bien celui qui garda Rachel Lévy... J'allai le trouver aussitôt, et sans trop savoir en quoi je pourrais vous être utile,je lui demandai une place de porte-clefs. — « Tu arrives à propos, me dit-il, M. de Maugiron vient de me charger de lui trouver un gaillard solide pour garder à vue un prisonnier de la plus haute importance. » Je compris qu'il s'agissait de vous; aussi insistai-je pour être présenté à M. le Gouverneur du fort. M. de Saint-Marc n'était pas encore revenu de la fête d'Ampuis... Mais Ferret qui avait des ordres directs de M. de Maugiron, prit sur lui de m'inscrire sur la liste des guichetiers... Et voilà comment je me trouve chargé, en qualité d'homme de confiance de M. de Maugiron, de vous surveiller jour et nuit, à raison de cent écus par an... oui... par an... il parait que ce sera long !..

LOUIS.

Pauvre ami... le dernier qui me reste !

L'HERCULE.

Mais vous parliez de ne pas mourir sans vengeance!.. en quoi puis-je vous servir ?

LOUIS.

Peux-tu sortir librement de cette prison ?

L'HERCULE.

J'y suis enfermé comme vous... à cette différence près qu'on me paye.

LOUIS.

Alors mon projet ne peut se réaliser.

L'HERCULE.

Voyons!.. on peut essayer de sortir...

LOUIS.

A quoi bon t'exposer sans être sûr de réussir ?

L'HERCULE.

Puisqu'il le faut, je sortirai !..

LOUIS.

Non... en te voyant fuir, la sentinelle te tuerait.

L'HERCULE.

Quand je serai dehors... qu'aurai-je à faire ?

LOUIS.

Eh bien !.. tu iras trouver Simon Traynard à la Tour de Sainte-Colombe... et tu lui demanderas la cassette que Louis de Maugiron lui remit autrefois, dans sa prison. Venant de ma part, il te refuserait de la rendre. Agis de ruse. Dis-lui que c'est Laurent de Maugiron qui t'envoie. S'il ne consent pas à te la remettre, prends la de force; il la tient cachée dans un bahut placé près de son lit. Le coffret est recouvert d'un émail imitant le damier... Pour l'ouvrir, tu presseras le cinquième carreau blanc à gauche du côté de la charnière. Tu y trouveras des lettres qui prouvent que Laurent de Maugiron est le traître qui a vendu Vienne aux Protestants. Ces lettres, tu les remettras demain au Grand Chancelier de France, à son entrée dans la ville. Fais cela, l'Hercule, et tu m'auras vengé.

L'HERCULE.

Comptez sur moi, Capitaine.

(Au moment d'aller vers la porte.)

On vient...

SCÈNE III.

Les précédents, PIERRE DE SAINT-MARC, un Guichetier, puis LOUIS DE MAUGIRON, et SAINT-MARC.

SAINT-MARC, *prenant les clefs des mains du guichetier.*

Laissez-nous ! (*L'Hercule sort avec les guichetiers*).

SAINT-MARC, *s'avançant vers Louis de Maugiron.*

Ah ! Capitaine, vous me voyez désolé de ce qui arrive.

LOUIS.

M. de Saint-Marc !..

SAINT-MARC.

Cet imbécile de Simon Traynard est cause de tout !.. Le maladroit avait bien besoin de vous mener dans les caveaux de Saint-Maurice, comme si dans son nid de hibou, dans sa tour de Sainte-Colombe, il manquait de réduit solide, en attendant que je fusse prévenu.

LOUIS, *étonné.*

Vous ?

SAINT-MARC.

Je lui ai frotté les oreilles d'importance quand, tout penaud, il m'est venu conter sa mésaventure, une histoire fort amusante d'ailleurs !..

LOUIS, *à part.*

Que veut-il dire ?..

SAINT-MARC.

Ce Simon est la ruse en personne !.. Je m'étonne que vous ne vous soyez pas méfié du drôle !

LOUIS.

J'ai cru au repentir du misérable !..

SAINT-MARC, *riant.*

Ah ! oui. Pour vous décider à l'accompagner à Saint-Maurice, il a fait son bon apôtre ! Mais avouez que vous avez mis de la complaisance à descendre avec lui dans le caveau des Maugiron !.. Il gagnait deux cents écus à vous y enfermer. Une commission dont il s'acquittait !

LOUIS.

Pour le compte de Laurent de Maugiron...

SAINT-MARC

Non pas... et c'est là précisément le piquant de l'aventure... Mais vous devez être fort mal ainsi... (*Il détache les fers de Louis de Maugiron*) Excusez-moi de n'y avoir pas pensé plus tôt.

LOUIS.

Ah ! M. de Saint-Marc... merci.

SAINT-MARC.

Vous m'avez rendu un de ces services qu'un soldat n'oublie pas... C'est sacré, voyez-vous ! Mon titre de gouverneur me donne tout pouvoir dans ce château... J'entends vous traiter en camarade, tout le temps que vous voudrez bien y passer.

LOUIS, *à part.*

Laurent a gardé son secret.

(Deux hommes apportent une table sur laquelle est dressé un souper).

SAINT-MARC.

Pour commencer, nous allons souper ensemble.

LOUIS.

Je crains, vraiment, de ne pouvoir faire honneur au repas.

SAINT-MARC.

Bah ! l'appétit vous viendra en me voyant manger... J'ai une faim féroce... Le bal, la course d'Ampuis à deux heures du matin, m'ont creusé l'estomac. Joignez à ces bonnes dispositions le plaisir de vous revoir... Allons... à table !.. (*Aux serviteurs*) J'appellerai si j'ai besoin de vous.

L'UN DES HOMMES.

M. le Gouverneur, le sergent demande un ordre écrit pour.

SAINT-MARC.

Je sais... Excusez, capitaine; affaire de service. (*Écrivant sur ses tablettes, à part*) Ordre d'arrêter le juif Siméon Lévy et sa famille pour affaires concernant la sécurité de l'Etat. « Saint-Marc » (*Au serviteur*) Rappelle au sergent mes recommandations... pas de violences... et n'arrêter ni le père, ni le fils... si c'est possible... Va !.. (*Le domestique sort*).

(Pendant l'aparté de Saint-Marc, Louis de Maugiron est demeuré pensif.

SAINT-MARC, *se rasseyant.*

Eh bien ?.. à quoi pensez-vous ?.. Il est vrai que ces murailles nues, ces voûtes froides, ces chaînes, ce carcan disposent mal à la gaîté... mais ne voyez que le souper qui sera passable et l'ami qui vous fait bon visage... (*Son verre à la main*) A votre santé, capitaine...

LOUIS.

A la vôtre, M. de Saint-Marc. (*Il se contente de porter le verre à ses lèvres*).

SAINT-MARC, *tout en mangeant.*

Je reviens à mon histoire... Je vous disais que Simon Traynard avait fait marché de vous livrer... Voyons... vous ne devinez pas à qui?.. Mais à moi, parbleu !

LOUIS.

A vous ?..

SAINT-MARC.

Oh ! cela ne devait avoir pour vous d'autres conséquences que de partager, comme vous le faites, mon souper et, aussi... de me rendre un petit service.

LOUIS.

Mais à quoi bon cette violence? Je me fusse prêté à tout de bonne grâce.

SAINT-MARC, *riant.*

Eh ! j'avais des doutes...

LOUIS.

Cela n'eut dépendu que de la nature du service.

SAINT-MARC.

Précisément... le service était d'une nature délicate... Y-a-t-il longtemps que vous avez vu la fille du juif Siméon Lévy ?..

LOUIS, *se levant.*

Ah ! je comprends !...

SAINT-MARC, *riant.*

Remettez-vous, capitaine... je n'ai plus rien à vous demander.. (*A part*) Un de mes serviteurs a découvert la retraite de ma Juive.

LOUIS, *se rasseyant.*

C'est différent !..

SAINT-MARC, *mangeant.*

Simon, après vous avoir enfermé dans le caveau des Maugiron, serait venu m'avertir... mais la fatalité a voulu que M. de Maugiron fît au tombeau de ses ancêtres une visite aussi insolite qu'inexplicable... Simon est persuadé que le noble sire a été attiré par le bruit que vous faisiez... mais comme je venais de quitter à Ampuis M. de Maugiron, je doute que ce soit là le vrai motif... Je supposerais plus volontiers...

LOUIS.

Quoi donc ?

SAINT-MARC.

Il avait dû dépenser une grosse somme pour la fête qu'il venait de donner en l'honneur du Grand Chancelier...et l'on assure que le tombeau contient de grandes richesses.

LOUIS.

Oh ! quelle pensée !

SAINT-MARC.

Simple hypothèse, mais si vraisemblable !.. et qui explique la grande colère du comte, en trouvant dans le caveau un intrus qu'il supposait venu dans la même intention que lui... Mais vous ne faites pas honneur au souper... ne soyez donc pas inquiet... tout s'arrangera...

LOUIS.

Il en sera ce qui plaira à Dieu ! Si je tiens encore un peu à la vie, ce n'est que pour me venger...

SAINT-MARC.

De moi ?..

LOUIS.

Ah ! M. de Saint-Marc... vous êtes un galant homme, vous !.. mais du misérable qui a causé tous les malheurs de ma vie!.. Et c'est de sa bouche que je viens d'apprendre son dernier crime!.. Comprenez-vous qu'un frère assassine les enfants de son frère?...

SAINT-MARC.

Lui-même, il les a frappés?..

LOUIS.

Non!.. il a chargé du meurtre un obscur complice...

SAINT-MARC.

Un homme payé ne tue pas des enfants; il les expose...

LOUIS.

Il les expose, dites-vous?

SAINT-MARC.

Sans doute; c'est plus tôt fait et cela revient au même... A votre place... j'irais trouver l'homme qui s'est chargé de cette infâme besogne.

LOUIS.

Vous le forceriez à dire où il a abandonné les enfants... ce qu'ils sont devenus... à quel signe on pourrait les reconnaître...

SAINT-MARC.

Le poignard sur la gorge!..

LOUIS.

Oui... mais tout cela... je ne puis le faire... je suis prisonnier!.. Et en ce moment, un ami dévoué qui ne songe qu'à me venger, tue peut-être le misérable... et cet homme mort... tout espoir de retrouver mes enfants est perdu !...

SAINT-MARC, *se levant.*

Ah! Je comprends votre anxiété !.. Capitaine, je cherchais une occasion de m'acquitter envers vous... M. de Maugiron en pensera ce qu'il voudra, vous êtes libre !...

LOUIS.

Il se pourrait !..

SAINT-MARC.

Mais le temps presse... Je vais moi-même vous conduire hors de cette prison...

LOUIS.

Ah ! faites, mon Dieu, que j'arrive encore à temps !

(Ils sortent).

6me TABLEAU

LA CASSETTE

(Même décor qu'au troisième tableau : l'intérieur de la Tour de Sainte-Colombe.)

SCÈNE IV.

LAURENT DE MAUGIRON, SIMON TRAYNARD.

LAURENT.

Ainsi tu ignores ce que sont devenus les enfants de Rachel Lévy ?

SIMON.

J'ai exécuté vos ordres, Monseigneur.

LAURENT.

Tu les as exposés ?..

SIMON.

Oui...

LAURENT.

N'as-tu pas compris qu'ils seraient malheureux... qu'ils souffriraient toute leur vie ?.. Tu n'as pas eu pitié d'eux ?

SIMON.

Je mentirais si je disais cela !.. Ils étaient si gentils, les deux pauvres petits êtres... si caressants quand ils me tendaient leurs petits bras en souriant...

LAURENT.

La mort les eût délivrés du mauvais sort qui s'attache aux enfants abandonnés.

SIMON.

Ah !. vous n'attendiez pas cela de moi !.. Tout votre or n'aurait pu payer leur sang.

LAURENT.

Tu es bien hardi !.. Et la mère... qu'en as-tu fait ?...

SIMON.

La fille de Siméon Lévy... M'aviez-vous ordonné aussi de la tuer ?..

LAURENT.

Je ne dis pas cela...

SIMON.

Alors... elle vit encore...

LAURENT.

Elle vit !.. Tu avais le cœur tendre, ce jour-là ! Ah ! ça... au lieu de me livrer tantôt Louis de Maugiron, que ne lui rendais-tu sa femme et ses enfants !..

SIMON.

C'eut été avouer mon crime... Je n'ai pas os!..

LAURENT.

C'est fâcheux!.. Tu aurais eu à la fois les profits de la trahison et les bénéfices de la reconnaissance !

SIMON.

Vous oubliez, Monseigneur, que ce n'est pas le complice qui a eu la meilleure part de cette trahison... Elle n'a fait de moi qu'un geôlier ; vous êtes comte de Maugiron !...

LAURENT.

Des bravades, misérable !

SIMON.

Vous m'insultez bien, vous !.. Oh ! ne frappez-pas ainsi du pied... Je suis un misérable, c'est vrai ! mais qui m'a fait faire le premier pas dans cette voie de la honte où le sol est glissant ? Vous !.. qui m'a poussé au crime ? Vous !. qui a fait de moi un lâche et un traître! Vous !.. Toujours vous !.. Sans vous, sans vos perfides tentations, je serais encore un loyal serviteur... un soldat estimé... Croyez-vous que votre or a payé mon opprobre... payé mes remords ?.. mais qu'est-ce que cela vous fait que je souffre... que j'aie là, au cœur, un ver qui me ronge !.. C'est mon affaire, n'est-ce pas? Mais patience !.. patience !.. Je ne suis pas si chétif que vous pensez... et si l'on me poussait à bout...

LAURENT, *tressaillant.*

Que dis-tu ?

SIMON.

Me reprocher mon infamie !.. Comme si j'étais le seul qui eut vendu quelque chose !...

LAURENT, *à part.*

Cet homme est d'une audace qui m'étonne... Il doit avoir en main quelque gage d'impunité... A l'auberge de la Cornemuse où logeait mon frère, je n'ai pas trouvé mes lettres à des Adrets... Simon qui m'a parlé de ces lettres... semblait en connaître le contenu... Il faut que je l'éloigne . (*Haut*) Ainsi Rachel Lévy est encore vivante ; sais-tu où elle est ?..

SIMON, *montrant la porte qui ouvre sur l'escalier des prisons.*

Là !

LAURENT.

Là ?.. Fais-la venir... ou plutôt va la chercher...

SIMON, *à part.*

Il veut rester seul...

LAURENT.

Eh bien ?

SIMON.

J'y vais, Monseigneur (*A part*) Il pourrait me le prendre...

(Il va au bahut, prend la cassette et la cache sous sa casaque).

LAURENT, *qui a suivi des yeux, tous ses mouvements, à part.*

Il cache quelque chose... (*Au moment où le geôlier va sortir.*) Avant de descendre, donne-moi un verre d'eau... à moins que tu n'aies du vin...

SIMON, *rentrant.*

Avec plaisir... (*Il va tirer un pot de vin au tonneau*)

LAURENT.

Nos courses de nuit m'ont altéré... (*Simon pose sur la table le pot de vin et un gobelet*) Bah ! tu me feras tout de même raison...

SIMON.

Pourquoi pas ? (*Il va chercher un deuxième gobelet; Laurent lui verse à boire*). A votre santé, Monseigneur !

LAURENT, *buvant.*

A la tienne !.. Eh ! qu'emportes-tu donc sous ta casaque?

SIMON, *avec embarras.*

Ah ! rien... (*S'enhardissant*) C'est une boîte... voyez plutôt ! Je la reporte à cette femme ; elle est à elle...

LAURENT.

Comme tu paraissais te cacher de moi, j'ai cru à quelque mystère... Va !... je t'attends...

(Simon sort.)

SCÈNE V.

LAURENT DE MAUGIRON, seul.

Mes lettres sont dans ce coffret... (*Versant dans le pot de vin le contenu d'un petit flacon qu'il a tiré de sa trousse*) Elles seront bientôt à moi!...

SCÈNE VI.

LAURENT DE MAUGIRON, SIMON TRAYNARD, RACHEL LÉVY.

RACHEL, *à Simon.*

Pourquoi me réveiller encore, Simon? Le sommeil c'est l'oubli... le bonheur quelquefois, quand Dieu y fait luire l'espérance...

SIMON.

Voici la femme que vous demandez, Monseigneur.

LAURENT.

C'est bien... (*A Rachel*) Approchez...

RACHEL.

Simon... que me veut cet homme?.. Simon... ne me quitte pas... J'ai peur!

SIMON, *avec intention.*

Peur de Monseigneur Laurent de Maugiron!

RACHEL.

Lui!.. Arrière, fratricide!...

(Elle se retourne avec horreur et fait quelques pas pour regagner son cachot; Simon rit sous sa cape).

LAURENT.

Malheur à vous !..

RACHEL, *se retournant.*

Malheur à moi, dis-tu ? N'as-tu pas épuisé sur moi toutes les tortures? toi qui me tiens enfermée depuis seize ans; toi qui m'as volé mes enfants... tué mon époux!.. Malheur à moi, dis-tu ?.. Que peut ta colère?.. Me prendre ma vie... Ce serait la fin de mon supplice !.. Non.. j'ai tort... Ce ne sont pas des menaces que vous étiez venu m'apporter... non!.. un homme puissant comme vous, se soucie bien d'une malheureuse femme comme moi... Ah! vous étiez venu me parler de mes enfants, peut-être... et moi, je ne l'ai pas compris tout d'abord... Pardonnez-moi ;.. le malheur rend injuste... et j'ai tant souffert!.. Ah ! ne me repoussez pas... C'est une mère qui vous implore !.. Une femme peut menacer... une mère n'a d'autre force que ses larmes... Songez que rien ne m'attache à la vie que la pensée de revoir mes enfants, mes enfants dont il y a seize ans que je suis séparée !... C'est l'espérance qui me soutient dans ma prison... J'y puise le courage de supporter mes autres douleurs.... Ah ! par pitié, faites que je les voie !... Vous le pouvez... Simon m'a dit que vous les aviez recueillis... A cette idée qu'ils voyaient en vous un bienfaiteur,je m'étais révoltée d'abord; je ne réfléchissais pas... Vous avez été bon pour eux... ils font bien de vous aimer!... Et moi-même, en pensant que vous tenez tout mon bonheur dans vos mains... je ne me sens plus contre vous ni colère ni désir de vengeance !.. Non !.. J'oublie tout... tout,

Monseigneur, pour ne plus voir en vous que l'homme qui a eu pitié de mes enfants et qui ne voudra pas me laisser mourir sans les avoir embrassés.

LAURENT, *dans le plus grand trouble.*

Vous les reverrez... vous les reverrez, vous dis-je !.. Ils ne sont pas morts ; mais Simon a eu tort de vous dire que je les avais recueillis. (*A part*) Misérable geôlier... c'était un piège que tu me tendais !.. (*Il achève sa pensée dans un geste de menace. Il sort.*)

SCÈNE VII.

RACHEL LÉVY, SIMON TRAYNARD.

SIMON, *éclatant de rire.*

Le tigre qui s'enfuit devant la brebis !. Et moi aussi, je brave ta colère... car j'ai là de quoi t'écraser. (*Il replace le coffret dans le bahut.*)

RACHEL, *un moment interdite du départ précipité de Laurent, courant à Simon.*

Il a dit que je les reverrai!... Simon... je reverrai mes enfants !.. Tu as l'air de douter... M'aurait-il menti ? Il a dit que mes enfants ne sont pas morts !.. Dieu !.. voilà, que je suis toute tremblante... J'ai peur... Non ! n'est-ce pas ?.. ils ne sont pas morts !

SIMON.

A quoi bon vous tourmenter ainsi... vous vous tuez !

RACHEL.

Je suis brisée... c'est l'émotion... (*Simon lui approche un siège*) Merci !.. (*Moment de silence*) Mais ces lettres de tout-à-l'heure... cette bague... Simon, toi qui as toujours été bon pour moi, tu ne te jouerais pas de ma confiance... de ma douleur...

SIMON.

Je vous l'ai dit : je tiens les lettres de Grégoire qui les a trouvées sur le corps d'un soldat protestant tué à la prise de Vienne.

RACHEL.

Et la bague?..

SIMON.

C'est M. de Maugiron qui me l'a donnée autrefois, en souvenir de mon ancien maître...

RACHEL.

Tu ne m'avais jamais parlé de cela...

SIMON.

Je craignais de vous causer du chagrin.

RACHEL.

Plus d'espoir!. Et cependant quelque chose me disait là que Louis de Maugiron est vivant. Une voix me criait : espère, tu le reverras!.. Cette nuit encore, quand tu m'as réveillée... ce n'était qu'un rêve, je le sais bien, mais un rêve, c'est quelquefois un avertissement du Ciel... Louis de Maugiron m'est apparu; avec un sourire, il me disait : Rachel, je reviens!...

SIMON, *à part.*

Rêve étrange!..

RACHEL.

Ah! fallut-il passer encore dix années dans la souffrance et les larmes, cher époux, l'espoir me donnerait la force d'attendre ton retour... Ah ! comme je me sens faible !.. mon Dieu !.. si j'allais mourir...

SIMON, *à part.*

Pauvre femme... et Laurent qui voulait... La tuer ! Ah ! plutôt t'égorger toi-même, misérable !... Que serait-elle devenue, si je n'avais pris soin de la tenir dans cette prison à l'abri de sa haine!.. Est-ce qu'elle se trouverait mal ?.. Et moi qui n'ai ni sel ni eau fraîche.. Ah ! du vin ! (*Prenant le pot de vin qu'il a servi à Laurent de Maugiron et qui est resté sur la table.*) M. de Maugiron n'y a pas fait honneur... (*Il remplit un gobelet*) C'est encore le meilleur des remèdes.

(Il veut faire boire Rachel.)

RACHEL, *repoussant le verre.*

Non... je me sens mieux.

SIMON.

Alors... (*S'apprêtant à boire*) à votre santé !

RACHEL.

Ne bois pas, Simon... cela fait mal. (*Simon rit et avale d'un trait le verre de vin. On frappe.*)

SIMON.

Ah ! ça, c'est la nuit aux visites... (*A Rachel*) Il faut rentrer...

(Il aide Rachel à regagner son cachot; pendant ce temps, les coups redoublent à la porte.)

SCÈNE VIII.

SIMON TRAYNARD, puis L'HERCULE.

SIMON, *allant ouvrir.*

En voilà un qui est pressé. (*Il ouvre la porte du fond.*)

L'HERCULE, *refermant la porte derrière lui.*

Simon Traynard ?

SIMON.

C'est moi !

L'HERCULE.

Deux mots ! Je viens de la part de M. de Maugiron.

SIMON.

Ah !

L'HERCULE.

Louis de Maugiron que tu as livré cette nuit à son frère... vient de mourir...

SIMON.

Miséricorde !

L'HERCULE.

Je viens te demander certaine cassette qu'il te confia autrefois.

SIMON.

Dis la vérité... Louis de Maugiron a été assassiné par son frère !

L'HERCULE.

Comment veux-tu que je sache cela?...

SIMON.

Laurent l'a tué.. c'est certain!.. Ah! je ne le lui avais pas livré pour cela... Non ! je voulais seulement me mettre à l'abri de sa vengeance.. Ah! malheureux que je suis ! c'est son spectre maintenant qui viendra me crier chaque nuit : Simon, tu es un assassin !...

L'HERCULE.

Trêve de paroles !... La cassette !

SIMON, *ressentant les premières souffrances de l'empoisonnement, à mi-voix :*

Mais qu'est-ce que j'éprouve donc ?... j'ai froid dans tout le corps...

L'HERCULE.

Simon... je n'ai pas le temps d'attendre...

SIMON.

C'est étrange !.. Je brûle maintenant... J'ai soif..

(Il court à la table ; saisit convulsivement le pot de vin et en vide le contenu dans un gobelet.)

L'HERCULE, *qui l'a suivi.*

La cassette!..

SIMON.

Je ne sais de quelle cassette vous me parlez... (*Goûtant le vin*). Quel goût amer !... Ah ! ce vin !.. ce vin !. . Laurent est resté seul...

L'HERCULE.

J'y mets de la patience, mais prends garde !..

SIMON.

Et il a empoisonné le vin !..

L'HERCULE.

Tu ne veux pas me la remettre de bon gré ?... Heureusement je sais où tu la caches... (*Il court au bahut*).

SIMON, *plus prompt que lui, a saisi la cassette et la brandissant au-dessus de sa tête.*

Eh bien ! oui.. le voici ce coffret précieux.. ce coffret que Laurent de Maugiron paierait de la moitié de ses biens, car il contient, entends-tu, la preuve de sa trahison... le voici ! mais je ne veux pas le lui donner, je ne le lui donnerai pas !

L'HERCULE, *le poignard à la main.*

C'est ton dernier mot ?..

SIMON, *courant à la fenêtre qui donne sur le Rhône.*

Oui ! Va dire à Laurent de Maugiron, le fratricide, à Laurent de Maugiron, l'empoisonneur, que Simon Traynard, qui ne peut plus se venger de lui, a ramassé tout ce qui lui restait d'énergie pour lui cracher au visage son dernier défi ! (*Il jette la cassette dans le Rhône.*)

L'HERCULE.

Malheureux !... (*Repoussant le geôlier, il court à la fenêtre*). Ciel !. la cassette surnage.. Il me la faut !. Je l'aurai !.. (*Il enjambe le balcon et se précipite dans le fleuve.*)

SCÈNE IX.

SIMON TRAYNARD, *seul.*

(Simon, qui sous la poussée de l'Hercule, a roulé par terre, se relevant).

Ah ! ne pouvoir me venger sur quelqu'un de mes tortures !... (*Il se traîne vers la fenêtre*). L'homme est remonté sur l'eau ; il nage vers la cassette... il l'atteint... il la saisit... Laurent de Maugiron triompherait-il? Non ! non ! je ne le veux pas !. (*Il se traîne vers la muraille, décroche son arquebuse, allume la mèche à la lampe et revenant à la fenêtre, il vise. Le coup part. On entend un cri. Avec une joie féroce*) Frappé à la tête !... Ah ! au bas de la tour, il y a une barque... Si je pouvais rattraper la cassette.. (*Il sort, en trébuchant, par la porte du fond.*)

(La scène change.)

7me TABLEAU

La confession du mourant

A gauche, la Tour de Sainte-Colombe. On y pénètre par une porte basse, précédée d'un perron de trois ou quatre marches. A droite, la grève continue. Au second plan, le fleuve. Au delà, en perspective, la ville de Vienne.

SCÈNE X.

L'HERCULE, puis successivement SIMON TRAYNARD
et LOUIS DE MAUGIRON.

(On voit L'Hercule, blessé, se débattant dans le Rhône ; il tient la cassette hors de l'eau).

L'HERCULE.

A moi !.. (*Le courant l'entraîne*)

SIMON, *paraissant sur le perron de la Tour*.

Ah ! n'aurai-je donc pas la force de me traîner jusqu'au fleuve... (*Il descend en trébuchant les degrés de l'escalier*) Mon sang se glace.. (*Tombant*) A l'aide!. Au secours !...

LOUIS, *accourant de derrière la Tour.*

Un coup de feu... un homme blessé...

SIMON, *se soulevant.*

A moi !... Je meurs !..

LOUIS.

Simon !..

SIMON, *le reconnaissant.*

Vous !..

LOUIS.

Mourant...

SIMON.

Ce n'était donc pas vrai !.. Laurent ne vous a pas tué !.. Alors, vous me vengerez... C'est Laurent qui m'a empoisonné...

LOUIS.

Empoisonné !..

SIMON.

Moi.. j'ai tué l'homme qui était venu de sa part me voler votre cassette.

LOUIS.

Dieu !.. L'Hercule !.. Malheureux... c'était mon ami !.. Mais toi, aussi, tu vas mourir... Songe que Dieu te demandera compte de tes crimes.

SIMON.

Oui, je fus bien coupable... envers vous... Monseigneur... mon maître... Me pardonnerez-vous ?

LOUIS.

Oui... si tu me dis où est Rachel Lévy, où sont mes enfants...

SIMON.

Rachel Lévy... Ah ! pour celle là, je puis vous la rendre...

LOUIS.

Dieu !

SIMON.

Là ! Dans la tour.. La clef est à ma ceinture... Ah ! que je souffre...

LOUIS.

Et mes enfants?.. Simon...

SIMON, *se soulevant.*

Les deux pauvres petits m'embrassaient en pleurant... On m'avait dit de les tuer...

LOUIS.

Toi !

SIMON.

Je n'ai pas voulu... Oh ! non... tuer des enfants...

LOUIS, *le soutenant.*

Alors..?

SIMON.

Alors... je les ai mis dans un berceau... Ah ! je brûle... de grâce, un peu d'eau!..

LOUIS, *courant au Rhône.*

Parle toujours... je t'entendrai.

SIMON.

Quand la nuit fut venue... Je pris le berceau sous ma casaque.. (*Louis lui donne à boire*) Merci !

LOUIS.

Tu pris le berceau...

SIMON.

Et j'allai vers la Gère... Là, je déposai mon fardeau au milieu des roseaux...

LOUIS.

Achève...

SIMON.

J'attendis, blotti derrière un buisson, pour voir ce qui arriverait...

LOUIS.

Eh bien ?

SIMON.

Les enfants criaient... Un homme s'approcha, découvrit le berceau, et prenant les enfants dans ses bras, les emporta sous son manteau...

LOUIS.

Cet homme, le connaissais-tu ?

SIMON.

Oui... c'était... ah !

LOUIS.

Il expire.. et je n'ai pas son secret !.. Parle... Oh ! Parle, je t'en conjure!..

SIMON.

C'était Siméon Lévy !..

LOUIS.

Le père de Rachel !..

SIMON, *avec effort.*

Oui... (*Il retombe*).

LOUIS, *à genoux.*

Ah ! mon Dieu, vous êtes bon! (*Se relevant*) Daniel, Débora.. mes enfants... Mais d'abord sauvons Rachel !.. (*Il entre dans la Tour.*)

SCÈNE XI.

SIMON TRAYNARD, à terre, LAURENT DE MAUGIRON.

(Laurent, entrant, trébuche contre le corps de Simon Traynard qu'il n'a pas vu.)

Qu'est cela?.. (*Se baissant et reconnaissant le geôlier*) Simon Traynard... Sa passion pour le vin devait lui être fatale !.. Je vais donc pouvoir m'emparer de ces lettres...

SCÈNE XII.

RACHEL LÉVY, LOUIS DE MAUGIRON,
SIMON TRAYNARD, LAURENT DE MAUGIRON.

(Au moment de gravir le perron de la tour, Laurent de Maugiron, s'arrête terrifié. Sur le seuil de la tour se tiennent Louis de Maugiron et Rachel Lévy; puis ils descendent lentement les marches du perron).

LAURENT.

Louis !..

LOUIS.

Livre-moi passage...

(Louis de Maugiron et Rachel Lévy continuent d'avancer, forçant Laurent à reculer.)

LAURENT, *après les avoir laissé passer, tandis qu'ils s'éloignent par la droite, à part.*

S'il m'échappe, je suis perdu !

(Il saisit son pistolet et vise Louis au moment où celui-ci est sur le point de sortir ; mais Simon Traynard qui s'est ranimé, se dresse tout à coup devant lui, un poignard à la main.)

SIMON.

Assassin !

LAURENT, *le repoussant.*

Misérable !... (*Le geôlier roule à terre et meurt. Laurent courant du côté par où son frère vient de sortir*) Trop tard !

(La scène change).

8me TABLEAU

L'ENLÈVEMENT

Une salle dans la maison où s'est réfugié Siméon Lévy. Ameublement simple, presque rustique. Porte de sortie au fond. Portes latérales. A gauche, une table et un fauteuil. Sur la table, une Bible ouverte. (Le jour vient par degrés).

SCÈNE XIII.

SIMÉON LÉVY., *assis devant la table.*

En vain mes paupières alourdies appellent le sommeil, ma pensée ne peut se détacher de ce Jacques de la Tour !.. Faiblesse de vieillard !.. J'estime l'homme.. J'ai pour lui de la reconnaissance, car à deux reprises, il nous a sauvés ; et cependant... Folle imagination !.. Louis de Maugiron est-il bien mort ? (*Se levant*) Tout repose... Les enfants dorment... et les songes riants de la jeunesse égaient leur sommeil... (*Se rasseyant*) Que les heures de l'insomnie s'écoulent lentement !.. La Bible !.. Livre divin !.. A défaut de l'oubli, l'âme y puise la résignation... L'histoire de

Joseph... épisode touchant dont le dénouement fait palpiter les cœurs blessés... (*S'assoupissant peu à peu*) Après dix années de séparation... Jacob retrouve son enfant bien aimé... qu'il croyait mort !... (*Il s'endort ; le jour paraît*).

SCÈNE XIV.

SIMÉON LÉVY, endormi, LOUIS DE MAUGIRON, RACHEL LÉVY.

(Louis et Rachel entrent par la droite).

LOUIS.

Il dort... Ne l'éveillons pas !..

(Rachel s'agenouille devant le vieillard).

SIMÉON LÉVY, *endormi.*

Si Dieu allait me rendre... ma Rachel !..

RACHEL.

Que dit-il ? Il pense à moi dans son sommeil !..

SIMÉON, *toujours endormi.*

Ma fille...

RACHEL, *bas.*

Mon père !..

SIMÉON LÉVY, *se réveillant.*

Dieu ! c'est mon rêve qui continue...

RACHEL.

Non, père ; c'est la réalité qui succède au songe.

SIMÉON LÉVY.

Ciel !.. J'entends sa voix !.. Elle me dit que ce n'est

plus un songe!.. Oui... c'est elle!.. c'est bien elle!.. ma fille !.. (*Tombant à genoux*) Ah ! mon Dieu, donnez-moi la force de supporter sans mourir ma félicité !

(Rachel et Louis de Maugiron aident Siméon à se relever. Siméon les considère un moment avec une joie mêlée de surprise ; reconnaissant le Capitaine) :

C'est vous qui me ramenez ma fille !.. Le bonheur marche donc avec vous, Jacques de la Tour !

RACHEL.

Jacques de la Tour? vous ne le reconnaissez pas?

SIMÉON.

Que veux-tu dire ?

RACHEL.

Mais... c'est Louis... Louis de Maugiron, mon père..

SIMÉON.

Louis de Maugiron !

RACHEL.

Mon époux !..

LOUIS.

Oui... Louis de Maugiron qui vous demande de ne pas être moins miséricordieux pour lui que ne l'a été Dieu lui-même pour nous tous!

RACHEL.

C'est lui qui m'a délivrée... c'est lui qui me rend à votre tendresse...

SIMÉON, *attendri*.

Ah ! mes enfants !.. mes enfants !...

LOUIS.

Et Daniel ? Débora ?..

SIMÉON.

Ils reposent encore...

LOUIS.

Qu'on les éveille... qu'ils viennent embrasser leur mère !..

SIMÉON.

Leur mère !..

LOUIS.

En les adoptant, votre cœur avait deviné qu'ils étaient vos enfants !..

SIMÉON.

Voilà pourquoi Débora ressemble à Rachel !..

(Grand bruit au dehors).

Mais d'où vient ce bruit? C'est dans la chambre de Débora...

LA VOIX DE DÉBORA, *à droite.*

A moi ! à moi !

RACHEL.

Mon Dieu !

LOUIS, *cherchant à ébranler la porte.*

Malédiction !.. La porte est fermée !..

LA VOIX DE DANIEL, *au dehors.*

Lâches ! Lâches !

SIMÉON.

Mais c'est Daniel...

LOUIS *a enfoncé la porte de droite ; il entre dans la chambre et en ressort aussitôt.*

Personne!

SCÈNE XV.

LES PRÉCÉDENTS, DANIEL.

(La porte de gauche s'ouvre, Daniel entre en courant ; il tient à la main une épée brisée ; la jetant à terre avec rage).

DANIEL.

Nous sommes maudits... (*Courant à la muraille, il en détache une épée*).

LOUIS.

Et Débora?

DANIEL.

Enlevée par les sicaires de Saint-Marc!

LOUIS.

Daniel, courons sauver ma fille!..

(Louis et Daniel sortent en courant, l'épée à la main; Siméon Lévy et Rachel se tiennent embrassés).

(Rideau.)

ACTE CINQUIÈME

9me TABLEAU

L'Honneur des Maugiron

(La scène représente la place et le parvis de la cathédrale de Vienne. Sur le premier plan, le quai du Rhône se prolongeant à droite et à gauche ; au deuxième plan, maisons des deux côtés ; au troisième plan, la Grand'rue, à droite et à gauche ; au quatrième plan, le parvis de Saint-Maurice précédé d'un large escalier (praticable sur les grandes scènes) ; comme fond, la façade de l'église avec rues latérales. L'église et les maisons sont pavoisées.

SCÈNE PREMIÈRE

M. CHARLES, Bourgeois, Bourgeoises, Hommes et Femmes du peuple ; parmi ces dernières FRANÇOISE LA MAYANCHE et MARGOT, tous en habits de fête. — On entend dans l'éloignement les coups de canon qui annoncent l'entrée du Grand Chancelier.

UN OUVRIER, *accourant*.

M. Charles, le cortège va déboucher sur la place... Entendez les trompettes !..

M. CHARLES.

Portons-nous sur son passage, et n'oublions pas, mes amis, d'acclamer le grand homme d'Etat qui vient de rendre le calme et la sécurité au pays ; souvenons-nous que le chancelier de L'Hospital n'a pas seulement mis fin à nos discordes religieuses, qu'il va s'enquérant des maux que la guerre a pu faire et faisant à chacun justice et réparation.

LA FOULE.

Vive le chancelier !

(La foule se masse sur les deux côtés pour faire place au cortège du chancelier qui débouche par la grand'rue, troisième plan, à droite.)

SCÈNE II.

Les Précédents, LE GRAND CHANCELIER, LAURENT DE MAUGIRON, SAINT-MARC, Gentilshommes de la Cour.

(Ordre du cortège : tambours et trompettes aux armes de la ville de Vienne, précédant une compagnie d'arquebusiers ; puis les députations des différents corps de métiers, rangées sous leurs enseignes respectives; ensuite les ouvriers armuriers de la fabrique d'armes de Pont-Evêque, en armes ; puis les notables, les consuls et le Grand Chancelier, Michel de L'Hospital, en grand costume. Derrière le Grand Chancelier, Laurent de Maugiron, Saint-Marc et les gentilshommes de sa suite. La marche est fermée par un corps d'arquebusiers).

LA FOULE.

Vivat ! Vive le Grand Chancelier !

(Le grand chancelier s'avance au milieu de la place, suivi des gentilshommes, tandis que le cortège se range dans le fond. La foule est compacte sur les côtés. Tout à coup, un grand mouvement se produit dans la foule, à gauche ; tumulte, on entend une voix qui crie : *Asile ! Asile !*.)

SCÈNE III.

LES PRÉCÉDENTS, LOUIS DE MAUGIRON, DÉBORA, DANIEL, SOLDATS commandés par UN SERGENT.

Louis de Maugiron, portant dans ses bras Débora évanouie et Daniel, l'épée à la main contenant les sicaires de Saint-Marc, arrivent par la berge du Rhône à gauche et se jettent dans la foule, se dirigeant vers la cathédrale.

LOUIS.

Asile ! Asile !

LE SERGENT.

Arrêtez le ravisseur !

DANIEL, *à la foule.*

Secourez-nous !

FRANÇOISE LA MAYANCHE.

Le Capitaine Jacques de la Tour !

LOUIS.

Ah ! vous me reconnaissez... Par pitié, aidez-moi à sauver cette enfant.

FRANÇOISE.

C'est la fille de Siméon Lévy !

(La foule hésite d'abord, puis s'ouvre et laisse passer Louis de Maugiron, Daniel et Débora ; Françoise et Margot excitent les hommes contre les soldats.)

LOUIS, *au Chancelier.*

Monseigneur! Monseigneur!. justice!

LAURENT, *à part.*

Mon frère!

LE GRAND CHANCELIER, *au sergent.*

Pourquoi poursuivez-vous ces deux hommes?

LE SERGENT.

Ils m'ont enlevé cette jeune fille que je conduisais au fort de la Bâtie.

LE GRAND CHANCELIER.

La Bâtie est une prison?

LE SERGENT.

Oui, Monseigneur.

LE GRAND CHANCELIER.

Vous avez un ordre d'arrestation?

LE SERGENT.

Le voici!

SAINT-MARC, *à part.*

Maladroit!

LE GRAND CHANCELIER.

L'ordre est signé de vous, Monsieur de Saint-Marc. (*Lisant*) « Affaire concernant la sécurité de l'Etat ». Une jeune fille!.. (*A Saint-Marc*) Vous m'en expliquerez tantôt les motifs. (*A Louis de Maugiron*) Et vous, pourquoi vous êtes-vous opposé à l'exécution de l'ordre?..

LOUIS.

Parce que cette enfant est ma fille, Monseigneur.

SAINT-MARC, *à part.*

Sa fille ?..

LE SERGENT.

C'est faux ! Tout le monde sait ici que le père de cette fille est le juif Siméon Lévy.

DANIEL.

Siméon Lévy nous a adoptés, ma sœur et moi, nous croyant orphelins, mais notre père, Monseigneur, notre père, le voici ! et c'est Louis de Maugiron qu'il se nomme.

LOUIS.

Daniel !

(Surprise générale parmi les gentilshommes de l'entourage du Chancelier. Laurent de Maugiron blême de colère veut répondre).

SAINT-MARC, *bas à Laurent.*

Serait-ce vrai, ce que dit ce jeune homme ?

(Laurent se tait.)

LOUIS.

C'est sans me consulter que mon fils a parlé, Monseigneur ; mais il a dit vrai !. Si vous en doutiez, interrogez le gentilhomme que je vois à votre droite... c'est mon frère !

LAURENT.

Mensonge ! Mensonge !

LOUIS.

Mensonge, dites-vous!.. Simon Traynard m'a reconnu, lui à qui vous aviez payé mille écus d'or, ma tête !

LAURENT.

Ne vous arrêtez pas, Monseigneur, aux vains propos d'un insensé... Il se nomme Jacques de la Tour et servait comme officier parmi les ennemis de notre sainte religion et de notre aimé Roi. M. de Saint-Marc en témoignerait au besoin.

(Saint-Marc se tait).

LOUIS.

Vous pensez bien, Monseigneur, qu'un homme qui, depuis seize ans, occupe ma place, a tout intérêt à ne pas me reconnaître... Mais pourquoi sa parole vous inspirerait-elle plus de confiance que la mienne? Ose donc nier, Laurent, qu'il y a seize ans, tu donnas l'ordre de faire disparaître Rachel Lévy, ma femme, et les deux enfants qu'elle venait de mettre au monde... Ton complice, Simon Traynard, moins cruel que toi, s'est contenté d'enfermer Rachel Lévy dans la tour de Sainte-Colombe et d'exposer les enfants que voici... Simon Traynard a tout avoué.

LAURENT.

Qu'on cherche ce Simon Traynard et qu'on l'amène pour te convaincre de mensonge.

LOUIS.

On ne retrouvera pas vivant cet homme, Monseigneur. « Sa passion pour le vin devait lui être fatale ». Il est mort cette nuit... Je m'étonne que mon frère n'en sache rien.

LAURENT.

Ah! c'en est trop!. Vous devez exiger, monseigneur, que cet imposteur fournisse à l'instant les preuves de ce qu'il avance... (*Marchant sur Louis*) Des preuves! des preuves!.. ou je me fais justice moi-même...

SCÈNE IV.

LES PRÉCÉDENTS, L'HERCULE la tête entourée d'un bandeau. SIMÉON LÉVY, RACHEL LÉVY.

L'HERCULE.

Des preuves!.. En voici... et de vivantes!

LOUIS.

L'Hercule!

L'HERCULE.

Un peu détérioré par ce coquin de Simon Traynard, mais encore bon à quelque chose, comme vous voyez. (*Au Chancelier*) Mais pardon... je parle là de mes affaires et M. de Maugiron demande des preuves... Voici Rachel Lévy, Monseigneur, dont le témoignage vaudra bien à vos yeux celui d'un frère que le désintéressement aveugle!

LAURENT.

Insolent!

L'HERCULE.

Ces preuves là ne vous suffisent pas?.. (*Tirant de*

dessous sa cape la cassette de Simon Traynard) En voici d'autres ! (*Tirant du coffret plusieurs lettres*) Monseigneur, les papiers que voici m'ont valu la blessure que voilà !.. En échange, je vous demande, moi, la condamnation de ce traître. (*Il montre Laurent*).

LOUIS.

Non, non, Monseigneur ! Ne lisez pas ces papiers. Je vous en supplie... Dieu a été si bon pour moi que je ne me sens plus de colère contre personne. Oui, grâce!.. grâce entière!.. Songez que le déshonneur d'un Maugiron rejaillirait sur toute la famille ! M. de Maugiron ne me démentira plus maintenant !.. Mais parle donc, Laurent !

LAURENT, *bas.*

Grâce!

LOUIS.

Je n'étais qu'un revenant, Monseigneur, et ma mission est terminée... Louis de Maugiron rentre dans sa tombe... Il n'y a plus ici que Jacques de la Tour... Jacques de la Tour, qui préfère à tous les titres, à tous les biens, le bonheur que le Ciel lui accorde, de presser dans ses bras, sa femme et ses enfants.

LE GRAND CHANCELIER.

Qu'il soit fait selon vos désirs...(*Il remet les papiers à Louis de Maugiron*).

LOUIS, *à Laurent en lui remettant les papiers.*

Ne tremble donc plus, Laurent... L'honneur des Maugiron est sauf...

LAURENT.

Ah ! mon frère...

LE GRAND CHANCELIER.

Capitaine Jacques de la Tour, votre main...

LOUIS.

Monseigneur !

LA FOULE.

Vive Monseigneur le Chancelier !

(Le cortège se remet en marche au son des trompettes. Ordre de la scène. Au centre : le Grand Chancelier et Louis de Maugiron ; à gauche, Rachel, Daniel, Débora, l'Hercule ; à droite, Laurent de Maugiron, Saint-Marc, gentilshommes ; la foule sur les deux côtés.

FIN.

www.ingramcontent.com/pod-product-compliance
Ingram Content Group UK Ltd.
Pitfield, Milton Keynes, MK11 3LW, UK
UKHW031853260826
14628UKWH00002B/749

9 782019 724856